ハヤカワepi文庫
〈epi 87〉

動物農場
〔新訳版〕

ジョージ・オーウェル
山形浩生訳

epi

早川書房

7917

ANIMAL FARM

by

George Orwell

1945

目次

動物農場

〔新訳版〕

第1章

メイナー農場のジョーンズさんは、夜に向けてニワトリ小屋に鍵をかけましたが、酔っ払いすぎていて通り抜け用の穴を閉じるのを忘れてしまいました。ランタンからの灯りの輪を右へ左へと踊らせて、かれはふらふらと庭を横切って、裏口で長靴を蹴飛ばすようにぬぐと、食器室の樽から最後のビール一杯をグラスに注いで、階段をベッドへと向かいました。そこではジョーンズ夫人がすでにいびきをかいていたのです。

寝室の灯りが消えると同時に、農場の建物すべてで、動きと羽ばたきが起こりました。その日中に出回った話では、前の晩に老メイジャー（賞ももらったヨークシャー種のオスブタです）が奇妙な夢を見たので、それを他の動物たちに伝えたがっているとか。ジョーンズさんが確実にいなくなったら、みんなが大納屋に集まろうと話がまとまっていたのです。老メイジャー（というのがいつもの通り名でしたが、賞をもらったときに展示で使われた名前はウィリンドン・ビューティーでした）は農場で実に尊敬されていたので、かれの言い分を聞くためなら、みんな睡眠を一時間犠牲にするくらい平気だったのです。

大納屋の一方の端にある、ちょっと高い演台のようなところで、梁からぶら下がるランタンの下、メイジャーはすでにわらのベッドの上に安座しておりました。十二歳で、最近いささかでっぷりしてはきていましたが、それでも堂々たるブタで、牙が一度も切られていないという事実にもかかわらず、賢く優しげな外観を持っています。やがて他の動物たちが到着し、それぞれちがったやり方で、思い思いに落ち着きました。まずやってきたのは、三匹のイヌ、ブルーベルとジェシーとピンチャーで、それからブタたちがやってきて、演台の真ん前に陣取ります。メンドリたちは窓枠に落ち着いて、ハトたちは垂木に羽ばたいて上がり、ヒツジやウシたちはブタの後ろに横たわって、反すうを始めました。馬車ウマ二頭、ボクサーとクローバーがいっしょにやってきて、とてもゆっくり歩き、大きな毛の生えた蹄《ひづめ》を下ろすときにも大変に気を使って、わらの中に小さな生き物が隠れていないか確かめています。クローバーは中年に近い太った母親然としたメスウマで、四頭目の子供を産んでからは、もはやなかなかもとの体型には戻りきれずにおりました。ボクサーは巨大な動物で、身の丈百八十センチ近くあり、そこらの普通のウマ二頭分の強さを持っておりました。鼻に白い縞がすっと入っているので、ちょっと間抜けな見かけではありまして、実際一級の頭のよさを持ち合わせてはおりませんが、その落ち着いた風格とすさまじい作業力のためにだれからも尊敬されていたのです。ウマたちの後からは白ヤギのミュリエルと、ロバのベンジャミンがやってまいりました。ベンジャミンは農場でいちばん高齢の動物で、いちばんのかんしゃく持ちでもあります。ほとんどしゃべらず、口を開けば何やら嫌味を言うばかり――たとえば、神様が尻尾をくれたのはハエを追い払うためだけれど、いっそハエも尻尾もないほうがマシだ、などと言うのです。農場の動物たちの中で決して笑わないのはベンジャミンだけでした。理由をきかれると、笑うべきものなんか何もお目にかかれないと言うのでした。それでも、はっきり認めはしないものの、かれはボクサーを崇拝しておりました。この二頭はいつも日曜ごとに、果樹園の向こうの小さな馬場でいっしょに過ごしており、一言も言葉を交わさずに並んで草を食《は》んでいるのでした。

ウマ二頭がちょうど横になったところへ、母親を見失ったアヒルの子の群れが並んで納屋にやってきました。弱々しく鳴き声をあげて、右へ左へとよたつきながら、踏みつぶされずにすむところを見つけようとしております。クローバーは大きな前足で、アヒルの子たちのまわりに壁のようなものを創ってやり、アヒルたちはその中に寄り集まると、すぐに寝てしまいました。最後の最後になって、ジョーンズさんの軽二輪馬車を引っぱるバカできれいな白のメスウマのモリーが、角砂糖をかじりながら、しゃなりしゃなりとやってまいりました。前方近くの場所に陣取り、白いたてがみを振り始め、そこに編み込まれた赤リボンに注意を惹こうとしております。そしていちばん最後にやってきたのがネコで、あたりを見回していつもながらいちばん暖かい場所を探そうとして、やっとボクサーとクローバーの間にもぐりこみました。その場で彼女は満足げにメイジャーの演説の間中のどをゴロゴロ鳴らし、話の中身など一言も聞いてはおりませんでした。

いまや、すべての動物たちがそろいました。ただし大人しいカラスのモーゼスだけは別で、かれは裏口の向こうにある止まり木で寝ております。メイジャーは、みんなが落ち着いて、じっと待ち構えているのを見ると、咳払いをしてこう切り出したのです。

「同志諸君、すでに私が昨晩見た不思議な夢のことはお聞き及びだろう。でも夢の話はまた後だ。先に言っておきたいことがある。同志諸君、私がみんなといっしょにいられるのも、あと数カ月というところだろう。だから死ぬ前に、私が獲得した英知を諸君に伝えておくのが己の義務だと思うのだ。私は長生きしてきたし、小屋に一匹で横たわる中で思索の時間がたくさんあり、いま生きているどんな動物にも負けず劣らず、この地上の生活の性質については理解していると言ってよいと思う。話したいのはこれについてなのだ。

さて同志諸君、我々のこの生活の性質とは何だろうか？　目をそらしてはいけない。我々の生活は惨めで、労苦に満ち、短い。生まれたら、ギリギリ死なない程度の食べ物だけを与えられ、能力のある者は力の最後の一滴に至るまで働かされるのだ。そして有用性がなくなったとたんに、ひどく残虐な形で殺処分されてしまう。イギリスのどんな動物も、一歳になってからは幸せや娯楽の意味を知らない。イギリスのどんな動物も自由ではない。動物の生活は悲惨と隷属だ。これがありのままの真実だ。

でもこれは、自然の秩序の一部にすぎないのだろうか？　我々の土地があまりに痩せていて、そこに暮らす者たちにまともな生活を提供できないせいなのだろうか？　いいや、同志諸君、そうではないと千回でも繰り返そう！　イギリスの土壌は肥沃であり、気候は穏やかで、いまそこに暮らす数をすさまじく上回る動物たちに、たっぷり食べ物を提供できるのだ。我々のこの農場一つですら、ウマ十二頭、ウシ二十頭、ヒツジ何百頭もを養える――その全員が、いまの我々ではほとんど想像すらできないほどの快適さと尊厳をもって暮らせる。ではどうして我々は、この惨めな状態を続けているのだろうか？　それは我々の労働の産物ほぼすべてが、人間によって奪われているからだ。同志諸君、ここにこそ我々の問題すべての答えがあるのだ。それはたった一語にまとめられる――人だ。人こそは、我々が持つ唯一の真の敵だ。人を舞台から取り除けば、飢餓や過重労働の根幹原因は永遠に取り除かれる。

人は唯一、生産せずに消費する生き物だ。乳も出さず、卵も産まず、鋤を引くには弱すぎ、ウサギを捕らえるには足が遅すぎる。それなのに、人はあらゆる動物の主だ。動物たちを働かせ、飢え死にしない程度の最低限だけを動物たちに返し、残りは自分の懐に入れる。土を耕すのは我々の労働だし、肥沃にするのは我々の糞だ。それなのに、我々の中で己の皮一枚以上のものを持つ動物は一匹たりともいない。我が目の前にいるウシ諸君、去年一年で何千ガロンのミルクを作りだしたね？　そして、頑健な子ウシたちを育てるはずだったそのミルクはどうなったね？　一滴残らず、我々の敵ののどを潤したのだ。そしてメンドリ諸君、この一年で卵をどれだけ産んだね、そしてそのうち孵化してニワトリになったのはいくつある？　残りはすべて市場に出され、ジョーンズやその手下のためにお金をもたらしたのだ。そしてクローバー、きみが産み落とした子ウマ四頭はどこにいるね。高齢となったきみを支えて喜びをもたらすはずの子ウマたちは？　どれも一歳で売り飛ばされたのだ――その一頭たりとも、二度と会うことはないだろう。四回の出産と、農場での大量の労働と引き換えに、きみはギリギリの食料と小屋以外に何をもらったね？

そして我々が送る惨めな暮らしでさえ、天寿を全うさせてはもらえないのだ。この私自身は文句を言える立場ではない。私は運がよかった。十二歳で、四百匹以上の子供を授かっている。ブタの自然な生き方とはそういうものだ。でも最後に残虐なナイフを逃れられる動物はいない。目の前にすわっている若きブタ諸君、きみたちは一匹残らず、一年以内に肉切り台の上で悲鳴をあげつつ命を失うのだ。我々みんな、その恐怖に直面しなければならない――ウシも、ブタも、ニワトリも、ヒツジも、みんな。ウマやイヌですら、その命運はさほどマシなものではない。ボクサーよ、きみのその大きな筋肉が力を失ったその日に、ジョーンズはきみを解体業者に売り渡し、きみはのどを切り裂かれて、猟犬のエサとしてゆでられてしまうのだ。イヌたちはといえば、高齢を迎えて歯が抜け落ちれば、ジョーンズは首にレンガを巻き付けて最寄りの池で溺れさせるのだ。

つまり我々のこの生活の邪悪すべては、人類の圧政から生まれているというのは火を見るより明らかではないだろうか？　人さえ始末すれば、我々の労働の産物は我々自身のものとなる。ほぼ一夜にして我々は豊かで自由になれる。すると我々はどうすべきだろうか？　それはもちろん、日夜心身を傾けて人類の転覆を謀るのだ！　同志諸君、これが私の贈るメッセージだ。反逆を！　その反逆がいつ起こるかは知らない。一週間後だろうか、それとも百年後だろうか。でもこの足下のわらを見るのと同じくらい確実に、遅かれ早かれ正義が実現することは知っている。残り少ない寿命の間ずっと、そこから目をそらしてはいけない！　そして何よりも、私のこのメッセージを後代の者たちに伝えるのだ。そうすれば将来の世代がこの闘争を引き継いで、いつの日か勝利を迎えられる。

そして同志諸君よ忘れるなかれ、諸君の決意は決して揺らいではならない。どんな議論を聞いても道を踏み外してはならない。人と動物たちの利害は共通であり、片方の繁栄はもう片方の繁栄をもたらす、などと言われても耳を貸すな。すべてウソっぱちだ。人は自分自身以外のどんな生物の利益にも貢献しない。そして我々動物たちの間には完璧な一体性、闘争の中での完璧な同志精神がなくてはならない。人はすべて敵だ。動物はすべて同志だ」

このとき、すさまじい怒号がわき起こりました。メイジャーが語っている途中で、大きなネズミ四匹が穴からこっそり出てきて、すわりこんで聞き入っていたのでした。イヌたちがふとそれを目にとめてしまい、ネズミたちが死なずにすんだのは、すばやく穴に逃げ帰ったからにすぎません。メイジャーは前足を挙げて、静粛にさせた。

「同志諸君、ここに解決しておくべき問題がある。ネズミやウサギといった野生の生き物――かれらは我々の友だろうか敵だろうか？　票決にかけようではないか。私はこの会合に次の問題を提起する。ネズミは同志か？」

すぐに票決が行われ、圧倒的多数がネズミも同志だと合意しました。反対者は四票だけ。イヌ三匹とネコでしたし、そのネコは後で、賛成と反対の両方に投票していたことがわかったのです。メイジャーは続けました。

「もうこれ以上ほとんど言うべきことはない。ただ繰り返すが、人とそのやり口すべてに対する敵対の責務は常に忘れるなかれ。二本足で立つ者はすべて敵だ。四本足で立つ者や翼を持つ者は友だ。そして忘れてはいけないことだが、人と戦う中で人に似るようになってはいけない。人を制圧してからも、人の悪徳を採用してはならない。どんな動物も決して家に住んだり、ベッドで寝たり、服を着たり、酒を飲んだり、タバコを吸ったり、お金に触ったり、取引をしたりしてはならない。人の慣習はすべて邪悪だ。そして何よりも、いかなる動物も仲間たちに対して決して圧政を敷いてはならない。弱いのも強いのも、賢いのも単細胞なのも、動物はすべて兄弟だ。どんな動物であれ、他の動物は一切殺してはならない。あらゆる動物は平等だ。

それでは同志諸君、昨晩の私の夢を話そう。その夢はうまく説明できない。それは人が消えたあとに生じるべき地球の夢だったのだ。でもそれは、私が長く忘れていたものを思い出させてくれた。何年も前に、私が子ブタだった頃、母親や他のメスブタたちは古い歌をよく歌ったものだが、みんなその旋律と最初の三語しか知らなかった。

私も子供の頃はその歌を知っていたのだけれど、ずっと昔に忘れ去っていた。でも昨晩、それを夢の中で思い出したのだ。そしてさらに、その歌詞も思い出した——それははるか昔の動物たちが歌い、何世代にもわたって記憶から忘れ去られていた歌詞にまちがいない。同志諸君、いまその歌を歌ってあげよう。私は高齢で声も枯れている。でも私が曲を教えたら、諸君たち自身のほうがずっとうまく歌えるはずだ。その歌は、『イギリスの獣たち』というのだ」

老メイジャーは咳払いすると歌い始めた。歌うその声は枯れてはいたけれど、十分にうまかったし、しかもその旋律は感動的で、「クレメンタイン」と「ラ・クカラチャ」の間のようなものでした。その歌詞はこんな具合です。

イギリスの獣たちよ、アイルランドの獣たちよ
あらゆる地域と気候の獣たちよ
輝ける未来の時代を告げる
我が喜びの報《しら》せを聞け。

遅かれ早かれその日はくる
圧政者人類が追放され
イギリスの肥沃な農場を歩くのは
獣たちだけになるだろう。

我々の鼻からは環が消え
背中のくびきも消え
馬勒《ばろく》や拍車も永遠に錆びつき
残虐な鞭の音ももはやない。

思い描けもしないほどの富
小麦に大麦、カラス麦に干し草
クローバー、豆、砂糖大根が
その日我らのものとなる。

イギリスの畑はまばゆく輝き
その水は清く澄み
そよ風はなお甘くそよぐ
我らが解放されるその日には。

その日目指してみんながんばらねば
実現以前に死んだとしても
ウシやウマ、ガチョウや七面鳥
みんな自由のために苦闘しなければ

イギリスの獣たちよ、アイルランドの獣たちよ
あらゆる地域と気候の獣たちよ
輝ける未来の時代を告げる
我が喜びの報せを聞け。

この歌唱で動物たちは大興奮となりました。メイジャーが最後まで歌いきらないうちから、みんなも唱和しはじめます。いちばん愚かな動物たちですら、すでにその旋律や歌詞の一部を覚え、ブタやイヌなど賢い動物に至っては、ものの数分で歌をすべて暗唱してしまいました。そして、何度か最初に試してみたあとで、農場全体がすさまじい合唱で「イギリスの獣たち」を歌い上げたのです。ウシたちはモーモーと、イヌたちはクンクンと、ヒツジたちはメエメエと、ウマたちはヒヒーンと、アヒルたちはガアガアと歌います。みんなその歌に大喜びで、立て続けに五回も歌い、邪魔がはいらなければ一晩中歌い続けたことでしょう。

残念ながら、この大合唱でジョーンズさんが目を覚ましてしまいました。かれはベッドから飛び起き、これは裏庭にキツネがいるにちがいないと確信いたしました。そこで寝室の角《すみ》にいつも立っている銃をつかむと、六号散弾を暗闇の中にぶっ放しました。散弾は納屋の壁にめり込み、集会は早々に散会となったのです、みんな自分の寝場所に逃げ出しました。トリたちは止まり木に飛び、動物たちはわらの上に落ち着き、農場すべてが一瞬のうちに眠りに落ちたのでした。

第2章

それから三夜して、老メイジャーは寝たまま平和に死を迎えました。その死体は、果樹の根っこに埋められました。

これが三月初めのことでした。その後三ヵ月、秘密活動がいろいろ行われました。メイジャーの演説は、農場の中で知能の高い動物たちに、暮らしについてのまったく新しい見通しをもたらしたのです。メイジャーの予言した反逆がいつ起こるかは知りませんでしたし、それが自分の生きている間に起こると考えるべき理由もありませんでしたが、そのための準備を整えるのが自分たちの責務だということははっきり理解したのです。他の動物たちに教え、オルグする作業は、一般に動物たちの中で最も賢いと認められていたブタたちが自然に引き受けるようになりました。ブタたちの中でも傑出していたのが、スノーボールとナポレオンという二匹の若きオスブタで、どちらもジョーンズさんが売り払うために育てていたブタでした。ナポレオンは大柄で、いささか強面のバークシャー種で、この農場でもバークシャー種はナポレオンだけであり、口はあまり達者ではないものの、欲しいものは手に入れるという評判でした。スノーボールはナポレオンよりもっと快活で、口もすばらしく達者で創意工夫の才がありましたが、ナポレオンほどの重厚さはないと思われておりました。農場の他のオスブタたちは、すべて食用の去勢ブタでした。中でもいちばん有名なのは、スクウィーラーという小さな太ったブタで、ほっぺたがまるまるとして、目はきらきら、動きは細やかで、声が甲高いのです。きわめて口がうまく、何かむずかしい主張をしているときには、なにやら右へ左へと飛び跳ねて、尻尾をふりまわすのですが、それがなぜかとても説得力をもっているのでした。他のみんなはスクウィーラーについて、白を黒だと丸め込むこともできると言っておりました。

この三匹は、老メイジャーの教えを完全な思想体系に発展させ、動物主義と名付けました。毎週、数夜ずつジョーンズさんが寝た後で、三匹は納屋で秘密集会を開き、動物主義の原理を他の動物たちにたたき込んだのです。当初は、かなりの愚かさとやる気のなさに直面いたしました。動物たちの中には、「ご主人」と呼ぶジョーンズさんへの忠誠の義務があるなどと言う者もおりましたし、「ジョーンズさんはエサをくれるじゃないか。あの人がいなくなったら、みんな飢え死にしちまう」などといった幼稚な主張をする者もおりました。また「おれたちの死んだあとで起こることなんか、なんだって気にする必要があるんだい？」とか「この反逆がいずれ必ず起こるんなら、それに向けておれたちが努力しようがしまいが関係ないだろ」といった質問をする者もいて、ブタたちはそれが動物主義の精神に反するものだと理解させるのに大いに苦労したものです。いちばんバカな質問をしたのは、白いメスウマのモリーでした。彼女がまっさきにスノーボールにした質問はこうです。「反乱の後でも砂糖はもらえるのかしら？」

スノーボールはきっぱりと言いました。「いいや。この農場では砂糖を作る手段がないんだ。それに、砂糖なんかいらない。ほしいだけカラス麦や干し草がもらえるんだから」

「あと、たてがみにリボンをつけるのはそのまま認められるのかしら？」とモリーは尋ねました。

スノーボールは答えます。「同志よ、きみが大いにこだわっているそのリボンは、奴隷制のバッジなんだよ。自由はリボンよりも価値が高いということがわからないのか？」

モリーは同意しましたが、あまり納得したようではありませんでした。

ブタたちがもっと苦闘したのは、大人しいカラスのモーゼスが広めたウソを否定することでした。モーゼスはジョーンズさんの特別なペットで、スパイでホラ話ばかりでしたが、語り手としては巧妙でもありました。かれは、死後にあらゆる動物が行くという、砂糖菓子山という不思議な国があるのを知っているのだと主張していました。それは空のどこかに、雲の少し向こうにあるんだよ、とモーゼスは言います。その砂糖菓子山では、週に七日も日曜日が続いて、一年中クローバーが茂り、角砂糖やリンシードのケーキが茂みに生えるのだそうです。動物たちは、モーゼスがホラばかりで仕事をしないので嫌っていましたが、砂糖菓子山を信じている動物もいたので、ブタたちはそんな場所が実在しないと説得するのにかなり苦労したのです。

ブタたちのいちばん忠実な使徒は馬車ウマ二頭、ボクサーとクローバーでした。この二頭は自分で何か考えつくのはずいぶん苦労しますが、いったんブタたちを師匠として受け入れてからは、言われたことをすべて鵜呑みにして、それを単純な主張を通じて他の動物たちに伝えたのです。納屋の秘密集会にも欠かさず出席し、集会の最後に歌われる「イギリスの獣たち」の合唱も主導しました。

さてふたを開けてみると、反乱はだれも予想しないほどずっと早く、ずっと簡単に実現してしまいました。昔のジョーンズさんは、厳しいご主人ではあっても有能な農夫でしたが、最近では不運が重なっていました。訴訟でお金を取られてかなりやる気をなくし、身のためにならないほどの飲酒にふけるようになっていたのです。ときには何日も続けて、台所のウィンザー椅子にすわりこんだまま新聞を読み、酒を飲み、たまにビールにパンの耳を浸してモーゼスに食べさせるのでした。従業員たちは怠け者で不正直で、畑は雑草まみれになり、建物の屋根は荒れ、茂みは手入れ不足となり、動物たちのエサやりも滞っていました。

六月がきて、干し草の収穫寸前になっていました。ヨハネ祭（六月二十四日）前日の土曜日、ジョーンズさんはウィリンドンの町にでかけて、レッドライオン酒場で大いに飲んだくれ、日曜の真昼まで帰ってきませんでした。従業員たちは早朝にウシの乳搾りを終えると、動物たちにエサをやらずにウサギ狩りに出かけてしまいました。ジョーンズさんは帰ってくると、すぐに居間のソファで、『ニューズ・オブ・ザ・ワールド』を顔にかぶせて寝てしまったので、夜になっても動物たちは相変わらずエサなしです。とうとう、動物たちは我慢できなくなりました。ウシの一頭が倉庫小屋のドアを角《つの》で破って、動物たちは穀物置き場から自分で勝手に食べ始めたのです。まさにそのとき、ジョーンズさんが目を覚ましました。次の瞬間、ジョーンズさんと使用人四人は鞭を手に倉庫小屋にやってきて、四方八方に鞭をふるい始めたのです。おなかの空いた動物たちにとって、これはとうてい我慢できないことでした。事前に何も計画があったわけではありませんが、動物たちはいっせいに、自分たちを苦しめる人間たちに飛びかかりました。あっという間にジョーンズやその手下は、四方八方から小突かれ、蹴飛ばされています。状況はまったく手に負えないものでした。動物たちがこんなふるまいをするのは見たことがなく、これまで好きに殴りつけて虐げるのが当然だと思っていた生き物たちが、こうしていきなり立ち上がったことで、ジョーンズたちは心底ふるえあがってしまったのです。ほんの一瞬かそこらで、男たちは自衛の努力をあきらめて、ほうほうのていで逃げ出しました。一分後、五人とも本道に続く馬車道を全速力で走り去り、動物たちは勝ち誇ってその後を追いかけていたのです。

ジョーンズ夫人は寝室の窓から外を見て、事態を把握すると、急いで旅行かばんにいくつか持ち物を投げ込み、別の道からこっそり農場を出て行きました。モーゼスは止まり木から飛び立って、大声で鳴きながら彼女の後を羽ばたいて追います。一方、動物たちはジョーンズとその使用人を道へと追い出すと、五本の柵のはまった門をその背後でぴしゃりと閉めました。そういうわけで、ほとんど何が起きているかもわからないうちに、反乱がうまいこと実行されてしまったのです。ジョーンズは追放され、メイナー農場は動物たちのものとなったのでした。

最初の数分間ほど、動物たちは自分たちの幸運がほとんど信じられないほどでした。最初にやったのは、農場の境界線に沿って一丸となって走り、まるでそのどこにも人間が隠れたりしていないか確認するかのように一周することでした。それから農場の建物に駆け戻って、ジョーンズの嫌悪された支配の痕跡をすべてぬぐい去ろうとしました。馬小屋の突き当たりにあった馬具室は破られました。馬勒、鼻輪、イヌの鎖、ジョーンズさんがブタや子ヒツジの去勢に使った残酷なナイフは、すべて井戸の底に投げ落とされました。手綱、端綱《はづな》、目隠し革、尊厳を貶《おとし》める飼い葉袋は、裏庭で燃えていたゴミのたき火に投げ込まれました。鞭も同じです。鞭が炎上するのを見て、動物たちはみんな大喜びで飛び跳ねました。さらにスノーボールは、市《いち》の立つ日にウマたちのたてがみや尻尾をいつも飾ったリボンを炎に投じました。

「リボンは服と見なされるべきであり、服は人間のしるしだ。動物はすべて裸でなくてはならない」

これを聞いてボクサーは、耳にハエが入らないよう夏にかぶる小さな麦わら帽子を取ってくると、他のものといっしょにそれを火の上に放り投げました。

こうしてじきに動物たちは、ジョーンズさんを思わせるものはすべて破壊し尽くしました。そしてナポレオンは、倉庫小屋に一同を連れ戻すと、みんなにトウモロコシをいつもの割当の二倍提供し、イヌにはビスケットを二枚ずつあげました。それから一同は「イギリスの獣たち」を最初から最後まで続けて七回も歌い、その後は夜に向けて落ち着くと、これまでにないほどぐっすりと眠ったのでした。

でもいつもながら夜明けに目を覚まし、突然前日に起こった輝かしいできごとを思い出すと、動物たちはみんな放牧場に駆け出しました。放牧場の少し先には、農場の大半を見渡せる小さな丘がありました。動物たちはそのてっぺんに駆け上り、澄んだ朝の光の中であたりを見回したのです。そう、すべては動物たちのものでした——見渡す限りすべてが自分たちのものなのです！　そう考えて歓喜に満ちた動物たちは、グルグルと跳ね回り続け、興奮して大跳躍をしてみせます。朝露の中をころげ回り、甘い夏草をほおばり、黒い土の塊を蹴り上げては、その豊かな香りを嗅ぎました。それから農場全体の視察ツアーを行い、耕作地、干し草畑、果樹園、池、茂みを、無言のまま魅入られたように検分したのです。そうしたものをこれまで見たことがないとでも言うようで、いまだにみんな、それがすべて自分たちのものだとは信じられないほどでした。

それから列を作って農場の建物のところへ戻ると、家の戸口の外で黙って立ち止まりました。この家もかれらのものではありましたが、みんな怖くて中に入れません。でもしばらくして、スノーボールとナポレオンが肩でドアを破ると、動物たちは一列になって家に入り、何かを壊してはいけないと、細心の注意を払って歩きました。部屋から部屋へとつま先立ちで移動し、怖くてささやき声以上でしゃべれず、信じられない豪勢さを、一種の畏怖の念とともに見上げたのです。羽毛入りマットレスのあるベッド、鏡、馬毛のソファ、ブラッセルじゅうたん、居間のマントルピースにあるビクトリア女王のリトグラフ。ちょうど階段を降りてきたところで、モリーがいないのにみんな気がつきました。戻ってみると、彼女がいちばんいい寝室に残っていたのが見つかりました。彼女はジョーンズ夫人の化粧テーブルから青いリボンを一本取って、それを自分の肩にかざして、実に愚かしいやり方で鏡に映る自分に見とれていたのです。みんな彼女を厳しく叱り、外に出ました。台所にぶら下がっていたハム何本かは持ち出されて埋葬され、食器室のビール樽はボクサーの蹄の一蹴りで穴を開けられました――でもそれ以外、家の中のものは一切手を触れられませんでした。農場のこの家は博物館として保存すべきだという決議が、その場で全員一致で可決されました。いかなる動物もここに決して住んではいけないとみんな合意したのです。

動物たちは朝食を食べ、そしてスノーボールとナポレオンは再び一同を招集しました。

スノーボールが言いました。「同志たちよ、もう六時半だし、この先長い一日が待っている。今日から干し草の収穫を始めよう。でもまず、もう一つ片付けておかなくてはいけないことがある」

ブタたちは、ジョーンズさんの子供たちが持っていて、ゴミの山に投げ出されていた古い習字帳を使って、この三カ月をかけて読み書きを学んだのだと明かしました。ナポレオンは、黒と白のペンキのつぼを取ってくるように言うと、本道へと続く五本の柵を持つ門へと一同を導きました。そしてスノーボールは（というのも、字を書くのがいちばんうまかったのはスノーボールだからです）前足の指関節二つの間でブラシを持つと、門のてっぺんの柵についていた「メイナー農場」という字を消して、そこに「動物農場」と書きました。今後、この農場はそういう名前になるのでした。その後、一同は農場の建物に戻り、そこでスノーボールとナポレオンは、大きな納屋の外壁にたてかけるはしごを持ってこさせました。二匹の説明だと、過去三ヵ月にわたり研究を続けた結果、ブタたちは動物主義の原理を七つの戒律に還元するのに成功したというのでした。この七戒が、いまこの壁に書かれるのです。それは変更不可能な法となり、今後ずっと動物農場の動物たちはそれに従って生きねばなりません。いささか苦労しつつ（というのもブタがはしごの上でバランスを取るのはなかなかむずかしいからです）スノーボールははしごを登り、作業を開始しました。スクウィーラーがその数段下で、ペンキのつぼを持っています。戒律は、黒いタール塗りの壁に巨大な白い文字で書かれ、三十メートル先からでも読めました。それはこんな具合です。

［七戒］

1. 二本足で立つ者はすべて敵。
2. 四本足で立つか、翼がある者は友。
3. すべての動物は服を着てはいけない。
4. すべての動物はベッドで寝てはいけない。
5. すべての動物は酒を飲んではいけない。
6. すべての動物は他のどんな動物も殺してはいけない。
7. すべての動物は平等である。

これはじつにきっちりと書かれておりました。ただし「友」の横棒が二つになったり、字の一部が裏返しになっていたりはしましたが、それ以外の綴りはすべて正確でした。スノーボールは他の動物たちのためにそれを読み上げました。動物たちはみんな、完全に同意してうなずき、賢い動物たちはすぐにその戒律を暗記し始めました。

スノーボールは、ペンキのブラシを投げ下ろして叫びました。「さあ同志諸君、干し草畑に向かおう！　収穫をジョーンズやその手下よりもすばやく行うことで、我々の名誉を示そうではないか」

でもこのときメスウシたち三頭が大きく鳴き声をあげました。この三頭はさっきから落ち着かない様子だったのです。二十四時間も乳を搾ってもらえずにいたので、乳房が破裂しそうだったのでした。ちょっと考えてから、ブタたちはバケツを持ってこさせて、ウシたちの乳をかなり上手に搾りました。その前足はこの仕事になかなか適していたのです。やがて泡立つクリームのようなミルクがバケツ五杯分得られ、動物たちの多くはそれをかなりの興味をもって見つめました。

「そんなにたくさんのミルクをどうするんだい？」とだれかが言いました。

「ジョーンズさんは、ときどきエサにミルクを混ぜてくれたけど」とメンドリが言いました。

「ミルクのことは気にするな、同志諸君！」とナポレオンが叫び、バケツの前に立ちはだかりました。「それは対応しておくから。収穫のほうがもっと重要だ。同志スノーボールが先導してくれる。私もすぐに続こう。同志たちよ、前進だ！　干し草が待っている」

そこで動物たちは干し草畑に行進して収穫を開始しました。そして晩になって戻ってくると、ミルクはいつの間にか消えていたのでした。

第3章

干し草を収穫するのに、動物たちはどれほど苦闘して汗水たらしたことでしょう！でもその努力は報われました。収穫は、期待したよりもさらに大きな成功だったのですから。

ときには作業がつらいこともありました。農具は人間向けに設計されており、動物用ではなかったし、後足で立たないといけない道具を使える動物がいないというのは、かなりの苦労をもたらしました。でもブタたちはとても賢くて、あらゆる困難を解決する方法を思いつくのでした。ウマたちはといえば、畑の隅々まで知っていたし、ジョーンズやその使用人たちよりも刈り入れや干し草運びについてははるかに詳しかったのです。ブタたちは実際には働かず、他の動物たちを監督指示しました。優れた知識を持つブタたちが指導的地位につくのは自然なことでした。ボクサーとクローバーは刈り取り機や馬用草かきに自分をつなげて（馬勒や端綱はいまではもちろん必要ありません）、しっかりした足取りで畑をぐるぐると回り、その背後をブタが歩いて「はいしはいし、同志！」とか「どうどう、同志！」などと場合に応じて呼びかけるのです。そして、最も小さな動物まで一匹残らず、干し草干しとその穫り入れに従事しました。アヒルやメンドリたちですら、一日中日差しの中を往き来してがんばって働き、小さな干し草の数本をくちばしにくわえて運びました。最終的に、収穫はジョーンズやその使用人が通常かける時間よりも二日もはやく完了したのです。さらにそれは、この農場始まって以来最大の収穫でした。無駄になった部分はまったくありません。メンドリやアヒルたちが、鋭い目で最後の一本にいたるまで拾い上げたのです。そして農場の動物の一匹たりとも、一口として盗んだりはしませんでした。

その夏の間中、農場での仕事は時計仕掛けのように着実に進みました。動物たちは、それまではあり得ると思ったこともないほど幸せでした。食べ物一口ごとに、それがご主人により嫌々配給されるものではなく、自分たちが自分たちのために生産した、真に自分自身の食べ物だということで、心底の嬉しい喜びが感じられるのです。役立たずの寄生虫的人類がいなくなって、みんなが食べる分は増えました。そして農作業になれていないのに、余暇も増えたのです。いろいろ苦労はありました——たとえばその年の後のほうで、穀物を収穫したときには、脱穀機が農場にはなかったので、足で踏むという古いやり方でもみ殻をはずし、それを息で吹き飛ばすしかありませんでした——でもブタたちの賢さと、ボクサーのすさまじい筋力でいつも乗り切ったのです。だれもがボクサーを尊敬しておりました。ジョーンズの頃から働き者でしたが、いまや一頭で三頭分の働きをするようになっていました。ときには、農場の作業がすべてボクサーのたくましい肩に頼っているように思える日さえあったほどです。朝から晩まで押したり引いたりしており、いつも仕事がいちばん大変な現場におりました。かれはオンドリの一羽と交渉して、朝に他のだれよりも三十分はやく起こしてもらうようにして、通常の一日の作業が始まる前に、最も追加作業が必要と思われるところで、少し自発作業をしてあげるのでした。あらゆる問題、あらゆる困難に対するボクサーの答えは「わしがもっと働く！」でした——これはボクサーが自分のモットーとして採用していたものです。

でもみんな、自分の能力に応じて働きました。たとえばメンドリやアヒルは、飛び散った穀物の粒を集めることで、穀物五ブッシェルを余計に収穫しました。だれも盗まず、エサの割当について文句も言わず、かつての時代には暮らしの通常の一部だった、口論や噛みつきあいや嫉妬はほぼ消え去りました。だれもサボったりしません――いや、ほとんどだれもと言うべきか。確かにモリーは、朝起きるのが苦手だし、蹄に石がはさまったと称して早引けするのが常でした。そしてネコのふるまいもいささか奇妙でした。まもなくみんな、仕事があるときに限ってネコが決して見つからないのに気がつきました。何時間も姿を消して、食事時とか、仕事が終わった晩になると、何事もなかったようにまた姿を見せるのでした。でもいつも実にもっともらしい口実を述べたし、実に愛らしくのどを鳴らしてみせるので、その善意は信用せざるを得ませんでした。ロバの老ベンジャミンは、反乱後もまるで昔通りでした。ジョーンズ時代にやっていたのと同じ、ゆっくりした頑固なやり方で作業をして、決してサボらず、決して自発的に追加作業もしません。反乱とその結果については、何も意見を述べませんでした。ジョーンズがいなくなって嬉しくないのかと尋ねられると、かれはこう言うだけです。「ロバは長生きするんだ。お前たちだれも、死んだロバなんか見たことないだろう」。そしてみんな、この謎めいた答えに満足するしかありませんでした。

日曜日には仕事はありません、朝食はいつもより一時間遅く、朝食後に毎週必ず儀式が実施されるのです。まずは旗の掲揚です。スノーボールは馬具室で、ジョーンズ夫人の古い緑のテーブルクロスを見つけると、そこに白で蹄と角を描きました。これが日曜の朝八時ごとに農場邸宅の庭にある旗竿に掲げられました。旗が緑なのは、スノーボールの説明だと、イギリスの緑の畑を示すものだそうです。そして蹄と角は、人類がついに打倒されたときに登場する、動物たちの未来の共和国を示すのだとか。旗の掲揚後には、動物たちみんなが大納屋に行進して、「会合」として知られる総会を開きました。ここで、来週の仕事が計画され、決議案が提出されて議論されました。決議案を出すのはいつもブタたちです。他の動物たちは投票の仕方は知っていても、独自に決議案なんか思いつきませんでした。スノーボールとナポレオンが、議論では圧倒的に活躍していました。でもこの二匹は、決して意見が一致しないことにみんなが気がつきました。どちらかが提案を出せば、もう片方はまちがいなくそれに反対します。果樹園の裏に小さな囲い地を作って、働けなくなった動物たちの安息の場とすることが決議されたときも――これ自体はだれにも反対できません――それぞれの動物の種類ごとに適正な引退年齢をどうするかで、すさまじい論争がありました。会合は常に、「イギリスの獣たち」を歌って終わり、午後は余暇となっておりました。

　ブタたちは、馬具室を自分たちの本部に確保しました。ここで夜になると、かれらは鍛冶作業、大工作業など、各種の必要な技能を、農場邸宅から持ってきた本から学ぶのです。スノーボールはまた、他の動物たちを組織化して動物委員会なるものを作らせようとがんばりました。この点でスノーボールは疲れ知らずでした。メンドリたちには卵生産委員会を組織させ、ウシたちには清廉尻尾同盟を、さらに野生同志再教育委員会（この狙いはネズミやウサギをおとなしくさせることです）、ヒツジの羊毛純白化運動など各種の組織を作り、さらに読み書き教室も開始しました。全体として、これらのプロジェクトは失敗でした。たとえば野生動物を馴らそうという試みはほぼ一瞬で崩壊しました。野生動物は昔とまったく同じふるまいを続け、こちらが譲歩すればそこにつけこむだけでした。ネコは再教育委員会に参加しており、数日ほどはとても活発でした。ある日、ネコは屋根にすわって、ちょうど手の届かないところにいるスズメに話しかけていました。すべての動物はいまや同志だから、スズメはみんな、そうしたければやってきて自分の前足に止まってもいいのだ、と述べていたのです。でもスズメたちは、ネコに近寄ろうとはしませんでした。

　でも読み書き教室は大成功でした。秋までに、農場のほとんどすべての動物は、ある程度は読み書きができるようになりました。

ブタはといえば、すでに完璧に読み書きできます。イヌたちは、読むのはそこそこ達者でしたが、七戒以外のものを読む気はまったくありません。ヤギのミュリエルは、イヌより少しうまく読めて、ときには晩に、ゴミの山で見つけた新聞の切れはしを他の動物たちに読んで聞かせることもありました。ベンジャミンはブタたちに負けないくらい読めましたが、その能力を決して使おうとはしませんでした。なんでも、自分の知る限り読むに値するものなんかないとか。クローバーは、いろははすべて覚えましたが、言葉を綴ることはできません。ボクサーは、いろはにから先に進めませんでした。大きな蹄で地面にい、ろ、は、にを書いて、それから立ったまま、耳をうしろに倒して文字を見つめ、ときには前髪をゆすりながら、必死で次に何がくるかを思い出そうとするのですが、決して成功しません。ときどき、確かにほ、へ、と、ちまで覚えはしましたが、それを覚えたころには、い、ろ、は、にを忘れていることに気がつくのです。とうとう、その最初の四文字だけで満足することにして、記憶を保つためにそれを毎日一回か二回、書いてみるのでした。モリーは、自分の名前を綴る三文字以外は絶対に勉強しないと言います。そして、それを小枝のかけらできれいに創り出して、それから花を一つ、二つ使ってそれを飾り、うっとりしてその回りを歩くのです。

他の動物たちは、いより先にまるで進めませんでした。さらに、ヒツジ、メンドリ、アヒルなど馬鹿な動物たちは、七戒すら暗記できないことがわかりました。熟考の末、スノーボールは七戒が実質的には一つの格言に還元できるのだと宣言しました。それは「四本足はよい、二本足は悪い」というものです。これこそ動物主義の本質原理を宿したものだとか。これを完全に理解した動物はすべて、人間の影響から守られるのだといいます。最初、トリたちはこれに反対しました。というのもトリからすれば、自分たちも二本足に思えたからです。でもスノーボールはそうでないと論証してみせました。

「同志よ、トリの翼は推進器官であり、操作器官ではない。したがってそれは足と解釈されるべきだ。人を区別するしるしは手だ。手は人間がその悪行すべてを行う道具なのだ」

トリたちはスノーボールのむずかしい言葉を理解できませんでしたが、その説明を受け入れたし、もっと慎ましい動物たちはすぐに、新しい格言を暗記しようとしました。「四本足はよい、二本足は悪い」は納屋の外壁に、七戒の上にもっと大きな字で書かれました。いったんこれを暗記してしまうと、ヒツジたちはこの格言が大いに気に入り、畑で横になっているときにもしばしば「四本足はよい、二本足は悪い！　四本足はよい、二本足は悪い！」と鳴き始め、それを何時間も続けて飽きることがありませんでした。

ナポレオンは、スノーボールの委員会にはまったく興味を示しません。すでに大きくなってしまった動物に何をするよりも、幼い動物たちの教育のほうがずっと大事なのだと言うのです。たまたま、ジェシーとブルーベルが干し草の収穫後に出産して、元気な子イヌをあわせて九匹産みました。乳離れと同時に、ナポレオンは子イヌを母イヌから引き離し、自分が責任をもって教育にあたると言います。そして、馬具室からはしごでしか上がれない屋根裏に子イヌたちを入れて、完全に隔離してしまったので、農場の他の動物たちは、子イヌたちがいたこともじきに忘れてしまいました。

ミルクの行方の謎は、間もなく明らかとなりました。それは毎日、ブタたちのエサに混ぜられていたのです。早生のリンゴがいまや熟し始め、果樹園の下草には風で落ちたリンゴが散乱していました。動物たちは、当然これも平等に分けられるものと思っていました。でもある日、風で落ちたリンゴはすべて集めて、馬具室に持ってきてブタの利用に供することという命令が出されました。これについて、他の動物の一部はぶつぶつ言いましたが無駄でした。ブタたちはみんなこの点について完全に合意しており、スノーボールとナポレオンですら例外ではありません。スクウィーラーが、他の動物たちに必要な説明をすべく送り出されました。かれはこう叫びます。

「同志諸君！　我々ブタたちが、これを利己性と特権の精神で行っているなどと諸君が思っていないことを願いますぞ！　我々ブタの多くは、実はミルクやリンゴなど嫌いなのです。私だって嫌いだ。こうしたものを食べる我々の唯一の狙いは、我々の健康維持なのです。ミルクとリンゴは（これは科学で証明されたことなのですぞ、同志諸君）ブタの厚生に絶対に不可欠な物質を含んでいるのです。我々ブタは頭脳労働者です。この農場の管理と組織はすべて我々にかかっているのです。我々は日夜、諸君らの厚生を見守っております。我々があのミルクを飲み、リンゴを食べるのも、諸君のためなのです。我々ブタがその責務に失敗したら何が起こるかわかりますか？　ジョーンズが戻ってくるんですぞ！　そう、必ずやジョーンズが戻ってきます、同志諸君！」スクウィーラーは、ほとんど懇願するように叫び、左右に飛び跳ねて尻尾を振り立てました。「同志諸君、ジョーンズ復活を見たい者など、一匹たりともいないでしょうね！」

さて、動物たちが完全に確信していることが一つあるとすれば、それはジョーンズには戻ってきてほしくないということでした。こういう形で提起されたら、もうだれも何も言えません。ブタたちの健康を保つ重要性は火を見るより明らかです。だからそれ以上の議論なしに、ミルクと風で落ちたリンゴ（さらには熟した後のリンゴの主な収穫）はブタたち専用にとっておかれることが合意されたのでした。

第4章

　夏も終わりになると、動物農場で起こったことの報せは地域の半分に伝わりました。スノーボールとナポレオンは毎日ハトの群れを送り出しました。ハトたちは、近所の農場の動物たちと混じり、反乱の物語を語って、「イギリスの獣たち」の歌を教えるよう指示されていました。

　この間ほぼずっと、ジョーンズさんはウィリンドン町のレッドライオン亭の酒場に入り浸り、耳を貸す人すべてを相手に、ろくでなしの動物どもの群れに、自分の所有地から蹴り出されて、実にとんでもない不正を味わわされたのだと愚痴っていました。他の農夫たちは建前上は同情しつつも、当初はさほど手助けはしませんでした。心底ではみんな、ジョーンズの不運をなんとか自分に有利な形で運べないものかとこっそり思案していたのです。動物農場に隣接する二つの農場の所有者たちが、昔からずっといがみあっているのは幸運なことでした。片方はフォックスウッドといって、大きな、荒れた、古くさい農場で、相当部分が森林に覆い尽くされ、その放牧地はすべて荒廃して、茂みはひどい状態になっていました。その所有者であるピルキントンさんは、のんきな紳士農夫で、ほとんどの時間は季節に応じて釣りや狩りに使っていました。もう一つの農場はピンチフィールドと呼ばれ、規模はもっと小さいのですがよく管理されています。その持ち主はフレデリックさんで、がっしりした抜け目ない人物であり、いつも訴訟沙汰ばかりで、強気の交渉で有名でした。この二人はお互いに毛嫌いしあっていたので、自分たち自身の利益を守る場合ですら、両者が何か合意に達するのはむずかしいことでした。

それでも、二人は動物農場での反乱に震え上がっており、自分自身の動物たちがそれについて学びすぎるのを防ぎたくてたまりませんでした。最初は、動物たちが自力で農場を運営するという発想を貶めるためにバカにするふりをしました。そんなの二週間もすれば破綻する、とかれらは言いました。メイナー農場（二人は「動物農場」という名前が我慢できず、頑固にメイナー農場と呼び続けました）の動物たちはいがみあいばかりだから、すぐに飢え死にしそうだというのです。しばらくして、動物たちがどう見ても餓死していないことがわかると、フレデリックとピルキントンはその論調を変えて、いまや動物農場で行われているひどい邪悪について語り始めました。それによると、あの農場での動物たちは共食いを行い、灼熱した蹄鉄で拷問し合い、メスを共有しているとか。自然の法則に逆らうとそうなるんだ、とフレデリックとピルキントンは語りました。

でも、こうした話が完全に信用されることはありませんでした。人間たちが追い出され、動物たちが自分のことを自分で仕切っているすばらしい農場の噂は、漠然とした歪んだ形で出回るようになり、その年ずっと、地方部には反逆性の波が漂っていました。それまで扱い易かったオスウシたちが、すぐに荒々しくなり、ヒツジたちは茂みをやぶってクローバーを食べ、メスウシたちは乳搾りのバケツを蹴り倒し、猟馬たちは囲いに入ろうとせず、騎手を囲いの向こうに投げ飛ばしました。何よりも「イギリスの獣たち」の旋律や、歌詞すらも至るところに広まっていました。それは驚異的な速度で広がっていたのです。人間たちはこの歌を聴くと怒りを抑えきれませんでしたが、それが単にばかばかしいと思っているふりをしました。いくら動物どもとはいえ、どうしてこんな下らない歌を歌えるのか理解できない、そう人間たちは言いました。それを歌っているところを見つかったら、どんな動物もその場でぶちのめされました。それでもこの歌を抑えることはできなかったのです。ツグミたちはそれを茂みの中でさえずり、ハトたちはニレの木でそれを歌い、鍛冶屋が鉄を打つ音の中にも、教会の鐘の音にもそれが入り込みました。そして人間たちはそれを耳にすると、こっそり身震いしました。それが自分たちの将来の凋落を予言するものに聞こえたからです。

十月初め、穀物が収穫され、積み上げられて、一部はすでに脱穀された頃、ハトの群れが空を旋回しつつやってきて、動物農場の庭に大興奮状態で着陸しました。ジョーンズとその使用人全員と、フォックスウッドやピンチフィールドからの六人ほどが、五本柵の門から入ってきて、農場に続く馬車道を向かってきているというのです。みんな棍棒を持っていますが、先頭に立つジョーンズだけは、銃を手に持っているのでした。明らかに一同は、農場を取り戻そうとしているのです。

これはとっくに予想されていたので、準備は万端でした。農場邸宅で見つけた、ユリウス・カエサルの戦役に関する古い本で勉強したスノーボールが、防衛作戦の責任者でした。かれはすばやく指令を出し、ものの数分で動物たちはすべて持ち場につきました。

人間たちが農場の建物に近づくと、スノーボールは最初の攻撃を仕掛けました。三十五羽のハトすべてが人間たちの頭上を行き交い、空から排泄しました。そして人間たちがこれに対処しているうちに、茂みの背後に隠れていたガチョウたちが飛び出して、男たちのふくらはぎを猛然とつきます。でも、これは軽い前哨戦でしかなく、ちょっと混乱を引き起こそうとしただけのものだったので、男たちは楽々とガチョウたちを棍棒で追い払いました。ここでスノーボールは攻撃の第二波を開始しました。ミュリエル、ベンジャミン、ヒツジたちすべてが、スノーボールを先頭に、前に突進して男たちを四方八方から突いたり押したりしました。さらにベンジャミンは後ろを向いて、小さな蹄で男たちを蹴飛ばそうとします。でも、ここでも人間たちは、棍棒と鋲打ちブーツをまとっていて、強すぎました。そして、スノーボールが悲鳴をあげます。これは退却の合図で、動物たちは振り向くと、門を通って庭の中に駆け込みました。

人間たちは勝利の歓声をあげました。かれらは想像した通り、敵が逃げ出したと思って、その後を追ってばらばらに駆け込んできました。これぞスノーボールの思うつぼです。人間たちが十分に庭に入り込んだところで、ウシ小屋に隠れていたウマ三頭、ウシ三頭、残りのブタたちがいきなり背後からあらわれ、退路を断ちます。そこでスノーボールが突撃の合図をしました。そして自らまっすぐジョーンズめがけて突進したのです。ジョーンズはブタがくるのを見て、銃を掲げてぶっ放しました。散弾はスノーボールの背中に流血をひきおこし、ヒツジが一匹即死しました。一瞬たりとも止まることなく、スノーボールは百キロ近い体重をジョーンズの足に叩きつけました。ジョーンズは糞の山に投げ出され、銃がその手から放り出されました。でもいちばん怖い光景はボクサーで、後ろ足で立ち上がり、巨大な蹄鉄つきの蹄を去勢されていないウマのように打ち出していました。その最初の一撃は、フォックスウッドのウマ小屋係の青年の頭に当たり、かれは人事不省で泥の中に倒れてしまいました。それを見て、人間数人は棒を落として逃げ出そうとしました。かれらはパニックに襲われ、次の瞬間、動物たちがいっせいに庭をグルグルとかれらを追いかけ回していました。人間たちは角で突かれ、蹴られ、嚙みつかれ、踏みつけられました。自分なりのやり方でこの人間たちに意趣晴らしをしなかった動物は一匹もおりません。ネコですら、いきなり屋根からウシ飼いの肩に飛び降り、爪をその首筋に沈めると、男はひどい叫び声をあげました。逃げ道が開けた一瞬のすきに、人間たちはこれさいわいと庭から逃げ出し、本道に突進しました。こうして侵略から五分もしないうちに、きたのと同じ道から不名誉な退却を強いられ、その背後からはガチョウの群れが追いかけてきて、道中ずっとそのふくらはぎをつつき続けていたのでした。

人間たちはみんな消えましたが、一人だけは別でした。庭に戻るとボクサーは、泥の中でうつぶせに横たわるウマ小屋係の青年を、蹄で撫でて、仰向けにしようとしていました。若者は身じろぎもしません。

ボクサーは悲しげに言いました。「死んでしまった。そんなつもりはなかった。蹄鉄をしているのを忘れていたんだ。わざとやったのではないと言っても信じてもらえるだろうか？」

スノーボールは、まだ傷から血を滴《したた》らせつつ叫びました。「感傷的になってはいけない、同志よ！　戦争とはそういうものだ。よい人間なんて、死んだ人間しかいない」

「命を奪いたくはない、人間のものであっても」とボクサーは繰り返し、目に涙を浮かべました。

「モリーはどこだ？」とだれかが叫びました。

確かにモリーはいませんでした。一瞬、みんな大いに身構えました。人間たちが何か彼女に危害を与えたか、果ては連れ去ってしまったのでは、と恐れたのです。でも結局、彼女は頭を飼い葉桶の干し草に埋めて、厩舎の自分の仕切りに隠れているのが見つかりました。銃がぶっ放されると同時に彼女は逃げ出したのです。そして他の動物たちがモリー探しから戻ってくると、ウマ小屋係の青年は、実は単に気絶していただけだったので、すでに回復して逃げ出していたのでした。

動物たちはいまや、大興奮状態で集まり直し、それぞれが戦闘での自分の活躍ぶりを絶叫してみせるのでした。すぐに即席の勝利祝宴が開かれました。旗が掲げられ、「イギリスの獣たち」が何度も歌われ、殺されたヒツジには荘厳な葬儀が行われ、その墓にはサンザシの茂みが植えられました。墓の横でスノーボールはちょっとした演説をして、すべての動物は必要なら動物農場のために死ぬ覚悟を持つべきだと強調しました。

動物たちは全員一致で軍事勲章を創ることにしました。「動物英雄第一等勲章」はその場で即座にスノーボールとボクサーに授与されました。これは真鍮のメダル（実は馬具室で見つかった装飾用馬具でした）であり、日曜祝日に着用されることになっていました。また「動物英雄第二等勲章」もあって、これは死んだヒツジに死後授与されました。

この戦いを何と呼ぶべきかについてはかなりの議論がありました。結局それは、ウシ小屋の戦いと名付けられました。待ち伏せを仕掛けたのがそこだったからです。ジョーンズさんの銃が泥の中に転がっているのが見つかり、その銃弾が農場邸宅にあるのもわかっていました。そこでその銃を旗竿の根本に、大砲のように設置して、年に二回それを撃つことが決まりました――一回はウシ小屋の戦いの記念日である十月十二日、もう一回はヨハネ祭の日、つまり反乱の記念日です。

第5章

冬が迫るにつれて、モリーはますます悩みの種となりました。彼女は毎朝仕事に遅刻してきては、寝坊したと言い訳し、謎の痛みについてこぼすのですが、食欲は実に旺盛です。何かと口実をつけては仕事から逃げて水飲み場にでかけ、そこで愚かしく、水に映った自分の姿を眺めているのでした。でももっと深刻な噂もあったのです。ある日、モリーが楽しげに庭にぶらぶらやってきて、長い尻尾をひらひらさせて干し草の茎をかじっていると、クローバーがその横に立ちました。

「モリー、かなり深刻なお話があるのよ。今朝、あんたが動物農場とフォックスウッドを隔てる茂み越しに向こうを見ているところを目にしたわ。茂みの反対側には、ピルキントンさんの使用人が一人いたわね。そしてかなり遠くからではあるけれど、ほぼまちがいなく見たのよ——男はあんたに話しかけてたし、あんたは男に鼻面を撫でさせていたわね。これってどういうこと、モリー？」

「そんなことない！　そんなことしてない！　全部ウソよ！」とモリーは叫び、飛び跳ねて地面を前足でかき上げました。

「モリー！　あたしの目を見ていいなさい。あの男があんたの鼻面を撫でてなかったと、名誉にかけて誓えるの？」

「全部ウソよ！」とモリーは繰り返しましたが、クローバーの目を見ることはできず、次の瞬間に駆け出すと、草原へとギャロップしていってしまいました。

クローバーはふと思いついて、他の動物たちには内緒でモリーの囲いにでかけると、蹄で敷きわらをひっくり返しました。わらの下には、角砂糖の小さな山と、色とりどりのリボンの束がいくつかあったのです。

三日後、モリーは姿を消しました。何週間かにわたり、その行方はまったくわかりませんでしたが、そのときハトたちがウィリンドン町の向こう側で彼女を見かけたと報告しました。酒場の外にあった、かっこいい赤と黒の二輪馬車を引いていたというのです。酒場の持ち主らしき、太った赤ら顔の男が、格子模様の半ズボンとゲートルを着て、彼女の鼻面を撫でて、砂糖をあげていたそうです。彼女の毛皮は手入れされたばかりで、前髪には深紅のリボンをつけていました。ずいぶん楽しそうだった、とハトたちは報じました。動物たちはその後、だれもモリーのことは口にしませんでした。

一月になると、気候は刺すように厳しくなりました。地面は鉄のようで、畑の作業は何もできません。大納屋では多くの集会が開かれ、ブタたちは来季の作業計画に没頭していました。他の動物たちより圧倒的に賢いブタたちが、農場方針のあらゆる問題を決めるべきだというのがみんなの認めるところとなっていましたが、その決断は多数決で承認される必要がありました。このやり方で十分うまくいったはずなのですが、そこで障害になったのがスノーボールとナポレオンのいがみあいです。両者は、見方が複数あるところでは必ず意見が対立しました。片方が大麦の作付面積を増やそうといえば、もう片方はまちがいなくカラス麦の作付けを増やせと要求するのです。そして片方が、どこそこの農地はキャベツを植えるのがいちばんいいと言えば、もう片方はそこが根菜しか育たないと断言します。どちらも支持者がいて、すさまじい論争が起こりました。会合ではスノーボールのほうが見事な演説により多数派を味方につけることが多かったのですが、間の時間に根回しをして支持を取り付けるのは、ナポレオンのほうが上手でした。特にヒツジはしっかり味方につけていました。最近ではヒツジたちは「四本足はよい、二本足は悪い」を時間も場所もかまわずにメエメエ叫ぶようになっており、しばしば会合をこれで中断させました。特に「四本足はよい、二本足は悪い」を、スノーボールの演説の肝心な瞬間にわめき始めることが多いのにみんな気がつくようになっていました。スノーボールは農場邸宅で見つけた『農夫と飼育者』のバックナンバーを細かく勉強して、改革や改善の計画をたくさん持っていました。訳知り顔で、畑の排水だのサイレージだの塩基性スラグだのと口走り、あらゆる動物が直接畑に糞を、毎日ちがった場所にすることで、運搬の労働を節約するという複雑な仕組みを考案しました。ナポレオンは独自の仕組みは何も提示しませんでしたが、スノーボールの提案など何の役にも立たないと静かに述べ、好機を待っているようでした。でも両者の論争すべての中でも、風車をめぐるものほど熾烈なものはありませんでした。

長い放牧地の、農場の建物からほど近いところに、小さな丘があって、それが農場でいちばん高い場所でした。地面を測量してから、スノーボールはこれぞ風車にあつらえむきの場所だと宣言しました。その風車で発電機を動かして、農場に電力を供給しようというのです。これで厩舎に灯りがつくし、冬には暖房も入るし、回転ノコギリやまぐさ切り、砂糖大根スライサー、電動搾乳機も動かせるといいます。動物たちは、そんなもののことはこれまで聞いたこともありませんでした（というのもこの農場は古くさくて、機械もきわめて原始的なものしかなかったからです）。だからスノーボールが、自分たちが野原で気楽に草を食べたり、読書や会話を通じて心を涵養《かんよう》したりしている間に仕事をやってくれるという、不思議な機械の姿をうたいあげると、みんな驚愕して耳を傾けました。

ものの数週間で、風車をめぐるスノーボールの計画は練り上がりました。機械的な詳細は、ジョーンズさんが持っていた本の三冊から主に得られたものです――『役立つ家の改良案千種』『だれでもできる家屋づくり』『初心者向け電力入門』という本でした。スノーボールは、かつては孵卵《ふらん》器を置くのに使われていた物置を書斎として使っていました。そこは図面を引くのに都合がいいなめらかな木の床だったのです。かれはそこに、ときには何時間もこもっていました。本を石で開いたままにして、前足の指の間にチョークを握ると、すばやくあちらへこちらへと移動し、次々に線を描き、興奮のあまり軽く鼻を鳴らすのでした。やがて図面はクランクや歯車の複雑なかたまりへと成長し、床の半分以上を覆うようになりました。他の動物たちはまったくそれが理解できませんでしたが、それでも大したものだと感心はいたしました。動物はみんな、スノーボールの図面を少なくとも一日一回は見にきました。メンドリやアヒルたちですらやってきて、チョークの線を踏まないように苦労しておりました。超然としているのはナポレオンだけでした。かれは当初から風車には反対だと宣言していたのです。でもある日、予告なしにやってきて図面を検分しました。物置の中を重い足取りでうろつき、図面のあらゆる細部を細かく眺め、二、三度鼻を鳴らし、それからしばらく立ち尽くしつつ、図面を横目でねめつけます。それからいきなり足を上げて、図面に小便をかけると、一言も言わずにそこを出たのでした。

農場全体が、風車の問題については真っ二つにわかれていました。スノーボールは、建設が困難だというのは否定しませんでした。石を運んで壁にしなければならず、風車の羽根も作らねばならず、その後は発電機や電線も必要になります（これをどうやって調達するつもりなのか、スノーボールは語りませんでした）。でも、このすべては一年で実現できるとかれは主張しました。そしてその後は、実に大量の労働が節約できるから、動物たちは週三日しか働かずにすむようになる、と断言したのです。これに対しナポレオンは、目先の大きな必要性は食糧生産を増やすことであり、風車なんかで時間を無駄にしたら、みんな餓死すると論じます。動物たちは、「スノーボールと週三日労働に一票を」と「ナポレオンと満杯の飼い葉桶に一票を」のスローガンの元に、二つの派閥にわかれました。どっちの派閥にもつかない唯一の動物は、ベンジャミンだけでした。かれは、食糧が増えるとも、風車で労働が節約できるとも信じようとはしません。風車なんてあろうがなかろうが、生活は昔と何も変わらずに続く――つまりはひどい状態が続くのだ、というわけです。

風車をめぐる争い以外にも、農場の防衛問題がありました。人間たちはウシ小屋の戦いで敗北を喫したものの、農場を取り戻しに再びやってきて、もっとしっかりした行動を見せて、ジョーンズさんを復帰させかねないというのは十分に認識されていました。人間の敗北の報せは地方部一帯に広がり、近隣農場の動物たちが空前の騒ぎを見せていたので、なおさら人間たちはそうしたがるはずだと思われたのです。いつもながら、スノーボールとナポレオンは意見がわかれていました。ナポレオンは、動物たちは銃を調達して、それを使えるよう訓練するべきだと言います。スノーボールは、もっとハトを送り出して、他の農場で反乱を煽動すべきだと言います。片方は、自衛できなければいずれ征服されてしまうと主張し、もう片方は、反乱が至るところで起きれば自衛の必要もないと論じます。動物たちはまずナポレオンの言い分を聞き、それからスノーボールの言い分を聞きましたが、どっちが正しいか腹を決められません。実は、そのときしゃべっているほうにいつも同意してしまうのでした。

ついにスノーボールの計画完成の日がやってきました。その次の日曜の会合で、風車の作業を開始すべきかどうかという問題が票決にかけられることになりました。動物たちが大納屋に集まると、スノーボールは立ち上がり、たまにヒツジたちのメエメエ声に邪魔されつつも、風車建設を主張する理由を述べました。それからナポレオンが立ち上がってそれに応えました。とても静かに、風車はナンセンスであり、だれもこれに賛成票を投じないよう忠告すると述べると、すぐに腰を下ろしました。三十秒も話しておらず、発言がどう受け取られようと、ほとんど無関心のようでした。これを受けてスノーボールは飛び上がり、またもやメエメエ言い始めたヒツジたちを怒鳴りつけて黙らせると、風車支持の情熱的な訴えを始めたのです。それまで動物たちは、どっちを支持するか半々にわかれていましたが、すぐさまスノーボールの雄弁さがかれらを動かしました。かれは輝かしい言葉で、卑しい労働が動物たちの背から取り除かれたときに考えられる動物農場の姿を描いてみせたのです。その想像力はいまや、まぐさ切り機や大根スライス機をはるかに超えたものとなっていました。電力は、脱穀機、鋤、馬鍬《まぐわ》、ローラー、刈り取り機、結束機などもたらしてくれるだけでなく、あらゆる厩舎に個別の電灯をつけ、お湯と冷水と電気ヒーターを供給するのだと言います。話が終わる頃には、投票がどちらに流れるかは疑問の余地がありませんでした。でもまさにこの時、ナポレオンが立ち上がり、スノーボールのほうを横目の奇妙な視線で一瞥すると、それまでだれも聞いたことがないような、甲高い一種の鼻声をあげたのです。

これを受けて、外で恐ろしいうなり声がして、巨大なイヌが九匹、真鍮の鋲打ち首輪をつけて、納屋に突入してきました。そしてまっすぐスノーボールに向かいます。スノーボールは飛び上がって、辛くもその噛みつくあごを逃れられたのでした。一瞬でかれは戸口から逃げ出し、イヌたちがそれを追います。あまりに驚いて怯えて口もきけない動物たちはみんな、戸口に寄り集まって、その追跡を眺めました。スノーボールは、道路に続く長い放牧地を横切って駆け出していました。ブタならではの速さで走ってはいましたが、イヌたちも肉薄しています。いきなりスノーボールは足をすべらせ、まちがいなくイヌたちに捕まったように思えました。でもすぐに立ち上がり、空前の速さで駆け出し、するとイヌたちが再び追いすがります。その一匹はほとんどスノーボールの尻尾に噛みつきかけたのですが、スノーボールはギリギリでそれを振り払いました。そしてラストスパートをみせて、数センチの差で生け垣の穴をすべりぬけ、二度と姿を見せませんでした。

押し黙り怯えきった動物たちは、静かに納屋の中に戻りました。間もなくイヌたちが跳ねるように戻ってきました。当初、だれもこの生き物たちがどこからきたのか思いつきませんでしたが、この疑問はすぐに解消されました。これはナポレオンが母親から引き離して、こっそり育てていた子イヌたちだったのです。まだ育ちきっていないというのに、巨大なイヌになっていて、オオカミのように恐ろしげです。ナポレオンにぴったりくっついて離れません。見ると、他のイヌたちがジョーンズさんに見せたのと同じやり方で、ナポレオンに対して尻尾を振っているのでした。

ナポレオンはイヌたちを従えて、いまやメイジャーが演説をするために立った、床の一段高い部分に鎮座しました。そして、これからは日曜朝の会合は終わりだと宣言しました。もう必要がないので、時間の無駄だというのです。これからは、農場の仕組みに関するすべての問題は、ブタの特別委員会が解決し、自分がその議長となる。この委員会は非公開であり、決断が後で他のみんなに伝えられる。動物たちは相変わらず日曜朝に集まって、旗に敬礼し、「イギリスの獣たち」を歌い、その週の指令を受ける。でも、もう今後は議論はない、というのでした。

スノーボールの追放で受けたショックにもかかわらず、動物たちはこの発表にがっかりしました。抗議をしたかった動物も何匹かいましたが、やり方がわかりません。ボクサーでさえ、漠然と困惑しました。耳を倒し、前髪を何度かゆすって、考えをなんとかまとめようとしました。でも結局、何も言うことがみつかりません。でも当のブタたちの一部は、もっと雄弁でした。最前列の若い食用去勢ブタ四匹は、甲高い不満の金切り声をあげ、四匹とも立ち上がって一斉にしゃべりだしました。でもいきなりナポレオンのまわりにすわるイヌたちが、低音の脅すようなうなり声を発したので、ブタたちはすぐに押し黙ってすわりました。それからヒツジが「四本足はよい、二本足は悪い」を大音量でメエメエと唱え始め、それが十五分近くも続いたので、議論の可能性はすべてなくなってしまいました。

その後、スクウィーラーが農場をまわって、新しい仕組みについてみんなに説明したのです。

「同志諸君、ここの動物たちはみんな、同志ナポレオンがこの追加労働を背負い込むにあたってどれほどの犠牲を払ったか、理解してくれていることと思いますぞ。同志たちよ、リーダーシップが楽しいものだなどと思うなかれ！　それはむしろ、深く重い責任なのです。すべての動物は平等だというのを、同志ナポレオン以上に深く信じている者はいないんです。本来なら、喜んで諸君たちみんなに自分で決断を下させることでしょう。でもときどき、諸君はまちがった決断を下してしまうじゃありませんか、同志諸君。そうなったらみんなどうなってしまいますか？　諸君がスノーボールと、そのインチキ風車に従うことに決めたらどうなっていたでしょう――スノーボールは、いまやみんな知っているように、犯罪者まがいだったではありませんか？」

「ウシ小屋の戦いでは勇敢に戦ったじゃないか」とだれかが言いました。

スクウィーラーは言いました。「勇敢なだけでは不十分なのです。忠誠と服従のほうが重要。そしてウシ小屋の戦いはといえば、いずれあのときのスノーボールの役割がずいぶん誇張されていたことがわかるはずですよ。規律ですよ、同志諸君、鉄の規律！　いまは重視すべきはこれなんです。一歩まちがえば、敵がまた襲いかかってくる。同志諸君、まさかジョーンズに戻ってきてほしくはないでしょう?」

またもや、この議論には反論のしようがありませんでした。もちろん動物たちは、ジョーンズの復活は望んでいません。日曜朝に議論をするとジョーンズが戻ってきかねないのであれば、議論はやめるしかありません。ボクサーは、いまや物事をしっかり考えるだけの時間があったので、みんなの気持ちを代弁して次のように言いました。「同志ナポレオンがそういうなら、正しいにちがいない」。そしてその後かれは「ナポレオンは常に正しい」という格言を、自分個人のモットーである「わしがもっと働く」に加えて採用したのでした。

この頃には寒さがやわらぎ、春の耕作が開始されました。スノーボールが風車の図面を引いていた小屋は封鎖され、床の図面は消されたものとみんな思っていました。日曜ごとに、朝の十時に動物たちは大納屋に集まって週の指令を受け取りました。いまやきれいに肉の取れた老メイジャーの頭蓋骨が、果樹園から掘り起こされて、旗竿の銃の横の切り株上に飾られました。旗の掲揚後、動物たちは一列になって頭蓋骨の前を、荘厳な態度で通ってから納屋に入るよう求められました。最近では、以前のようにみんないっしょにすわることもありません。ナポレオンは、スクウィーラーと、作曲や詩の見事な才能を持つミニマスという別のブタとともに、高い演台の最前列にすわり、そのまわりに九匹の若いイヌたちが半円を描いて、その背後に他のブタたちがすわっています。残りの動物たちは、納屋の中心部でブタたちと対面するようにすわるのでした。ナポレオンは、粗野な兵隊じみたやり方で、週の指令を読み上げ、その後は「イギリスの獣たち」を一回だけ歌うと、みんな散会となるのでした。

スノーボール追放から三回目の日曜日、ナポレオンがあの風車は結局のところ建設されるのだと宣言したので、動物たちはいささか驚きました。この心変わりの理由は何も説明されず、単にこの追加作業でかなりの重労働となるし、エサの配給を減らす必要さえあるかもしれないという警告があっただけでした。でも図面は、いちばん細かいところまですべて用意されていました。過去三週間にわたり、ブタたちの特別委員会がそれに取り組んできたのです。風車の建設と、その他各種の工事は二年かかるとされておりました。

その晩、スクウィーラーは他の動物たちにこっそりと、ナポレオンは実は風車に反対したことはないのだと説明しました。それどころか、当初風車を提案したのはナポレオンであり、スノーボールが孵卵室の床に引いた図面は、実はナポレオンの書類から盗まれたものだったのです。風車は実は、ナポレオン自ら考案したものなのでした、と。するとだれかが、だったらなぜナポレオンは風車にあんなに反対したのか、と尋ねました。ここでスクウィーラーは、とても小ずるい顔つきをしました。そして、それこそが同志ナポレオンの抜け目のなさだったのです、と言います。風車に反対するふりをしてみせたのは、危険人物であり悪影響をもたらすスノーボールを始末するための手管にすぎなかったのです。いまやスノーボールが消えたので、あいつの邪魔なしに計画を進められるのです。スクウィーラー曰く、これぞ戦術というものなのです。かれは何度も「戦術ですぞ、同志諸君、戦術！」と繰り返し、跳ね回っては尻尾を振って陽気に笑ってみせました。動物たちは、その単語がどういう意味かはよくわかりませんでしたが、スクウィーラーは実に説得力ある話し方をしたし、たまたまかれに付き添っていたイヌ三匹が実におっかない様子でうなったので、それ以上何も質問なしに、みんなその説明を受け入れたのでした。

第6章

その年ずっと、動物たちは奴隷のように働きました。でも働きつつも幸せではありました。苦労や犠牲にもまったく文句は言いません。やることはすべて自分たち自身や、後の世代の同類のためであり、怠け者で泥棒の人類どものためではないのを十分に承知していたからです。

春と夏の間ずっと、みんなは週六十時間働き、八月になるとナポレオンは日曜午後にも作業があると発表しました。この作業は完全にやりたい者だけがやればいいとされていましたが、参加しない動物はすべて食料配給を半分にされるのです。それでも一部の作業はあきらめるしかありませんでした。収穫は前年よりちょっと見劣りしたし、初夏に根菜を植えるはずの畑二面は、耕すのが間に合わなかったために放棄されました。来《きた》る冬がつらいものになるのは必定でした。

風車には予想外の困難がつきまといました。農場には石灰石のよい石切場もあり、離れ屋の一つで大量の砂とセメントが見つかったので、建材は十分に手元にありました。でも当初動物たちが解決できなかった問題は、石を適切な大きさに砕く方法でした。これをやるには、つるはしやバールしかないようだったのですが、これを扱える動物はいません。後足で立てる動物がいなかったからです。何週間も無駄な努力を経てから、やっと正しいアイデアをだれかが思いつきました——つまり重力を活用することです。そのままでは大きすぎて使えないほどの大きな石が、石切場の地面にはたくさん転がっていました。動物たちはそれに縄をかけて、ウシもウマもヒツジも、縄を引っ張れる動物はすべて——ときにはブタたちでさえ、肝心なときには手伝いました——ひどくのろのろと石を斜面に引っ張り上げて、石切場のてっぺんに運ぶと、その縁から落として、崖下でこなごなになるようにしました。いったん砕けてしまえば、その石を運ぶのは比較的簡単でした。ウマたちはそれを荷車いっぱいに積んで運び、ヒツジたちはひとかたまりずつ運び、ミュリエルとベンジャミンですら、自らを古い軽二輪馬車につなぐと、自分たちなりの貢献を見せました。夏も終わりになると、十分なだけの石がたまり、それからブタたちの監督下で建設が始まりました。

　でもこれは、遅々としたつらい作業でした。しばしば、大石をたった一つ石切場のてっぺんに運ぶだけでも、丸一日にわたる重労働が必要となり、ときに縁から落としても、石は割れてくれません。ボクサーなしには何も実現できなかったことでしょう。かれの強さは他の動物すべてをあわせたものに匹敵するかのようでした。大石がすべりだして、動物たちが丘を引きずり落とされるのではと絶望的な叫びをあげると、いつもボクサーが縄を思い切り引っ張り、大石を止めました。ボクサーが斜面をじりじりと苦闘しつつ登り、だんだん息があがって、蹄の先が地面をかき、巨大な脇腹が汗まみれになるのを見ると、だれもが畏敬の念で一杯になりました。クローバーはときどき、あまり無理をしないようにと警告したのですが、ボクサーは耳を貸しませんでした。かれの二つのスローガン「わしがもっと働く」と「ナポレオンは常に正しい」は、あらゆる問題にとっての答えとして十分だと思えたのです。かれはオンドリたちと交渉して、朝には三十分ではなく四十五分はやく起こしてもらうようにしました。そして暇があれば（といっても最近はあまりなかったのですが）一人で石切場にでかけ、割れた石を山ほど集め、それをだれの助けも借りずに風車の現場に引きずっていくのでした。

仕事はつらかったとはいえその夏はずっと、動物たちもあまりひどい状態ではありませんでした。ジョーンズ時代よりも食べ物が多くなかったとはいえ、少なくとも少ないわけではありません。自分たちだけを食わせればよく、大飯食らいの人間をさらに五人も養わずにすむという利点は実に大きく、よほどのヘマでもしない限り、その分だけで十分おつりがきたのです。そして多くの面で、動物たちの作業方法のほうが効率が高く、労働を節約できたのです。たとえば雑草取りなどの仕事は、人間には不可能なほど徹底的に行えました。そしていまや盗みをはたらく動物はいなかったので、放牧地と耕作地を柵で区切る必要はなく、生け垣や門の維持に必要な労働はかなり節約できました。それでも夏が進むにつれて、各種の予想外の不足がだんだんあらわになってきました。灯油、釘、ひも、イヌ用ビスケット、ウマの蹄鉄用の鉄が必要でしたが、どれも農場では生産できません。後には種子や人工肥料も必要となるはずだし、各種の道具もいるし、何より風車用の機械も必要です。どうやってこれを調達するのか、だれも想像がつきませんでした。

ある日曜の朝、動物たちが指令を受けに集まると、ナポレオンは新しい方針を決めたと発表しました。これから動物農場は、近隣の農場との取引を行うというのです。

もちろん、何か商業的な目的のためではなく、単に火急に必要とされるいくつかの材料を手に入れるためだといいます。風車に必要なものは、他のすべてに優先されねばならない、とナポレオンは言いました。だから干し草の山と、今年の小麦の収穫の一部を売却するよう手配するのであり、後にもっとお金が必要ならば、卵の販売で補うのだそうです。卵ならいつでもウィリンドン町で売れるからです。メンドリたちは、この犠牲を風車建設への独自の特別な貢献として歓迎すべきである、とナポレオンは言います。

動物たちはまたもや、漠然と心穏やかならないものを感じました。人間とは決してつきあわないこと、決して取引しないこと、お金を決して使わないこと——これはジョーンズ追放後の初の勝ち誇った会合で可決された、最初期の決議の一つじゃなかったっけ？　動物たちはみんな、そうした決議案を可決させたのを覚えていました。少なくとも、みんな覚えているつもりでした。ナポレオンが会合を廃止したときに抗議した若きブタ四匹は、おずおずと声をあげましたが、すぐにイヌたちのすさまじいうなり声によって黙らせられました。それからいつものように、ヒツジたちが「四本足はよい、二本足は悪い！」を始めて、一時的な決まり悪さはごまかされてしまいました。最後にナポレオンが前足を上げて静粛にと合図し、すでに必要な取り決めはすべてすませたと宣言しました。他の動物たちは、人間と接触する必要はありません。そんなことになったら明らかにきわめて不具合ですから。かれは、その負担をすべて自分自身で背負い込むつもりでした。ウィリンドン町に住む法務弁護士のウィンパーさんなる人物が、動物農場と外部世界との仲介役を買って出て、毎週月曜朝に農場にやってきては、指示を受けることになります。ナポレオンは演説の終わりにいつもと同じく「動物農場に栄えあれ！」と叫び、「イギリスの獣たち」をみんなで歌ってから、動物たちは解散させられました。

その後、スクウィーラーが農場を巡回して動物たちの心をなだめました。取引をしたりお金を使ったりするのを禁じる決議など、可決されていないどころか、提案されたことさえないとみんなに保証してまわったのです。すべてはただの想像でしかなく、おそらくはスノーボールが広めたウソが発端なのでした。まだかすかに疑念を抱いている動物も数匹おりましたが、スクウィーラーはずるがしこくかれらに尋ねました。「それは諸君が夢で見ただけの話ではないと、本当に確信が持てるのかね、同志諸君？　そんな決議の記録でも持っているのかね？　どこかに書かれているかね？」。

そして確かに、その種のものは文書としては何も残っていないのは事実だったので、動物たちは自分たちがまちがっていたと納得したのです。

月曜ごとに、ウィンパーさんは取り決め通り農場を訪問しました。ほおひげを生やしたずるがしこい様子の小男で、法務弁護士としてはかなりせこい商売しかしていませんでしたが、動物農場が仲介人を必要とするし、その手数料はかなりの額になるということを、他のだれよりも先に気がつく程度には鋭い人物でした。動物たちは一種の嫌悪をおぼえつつウィンパーさんが出入りするのを眺め、できるだけかれを避けようとしました。それでも、四本足のナポレオンが、二本足で立つウィンパーに命令を下すのを見るのは、動物たちのプライドをかきたて、このために新しい取り決めもある程度は受け入れられるようになりました。人類との関係はいまや、以前とはいささかちがったものになっておりました。人類は、動物農場が繁栄しても、あいかわらず嫌悪を見せています。それどころか、憎悪はさらに強まったほどです。あらゆる人類は、農場が遅かれ早かれ倒産するというのを信条として確信しておりましたし、何よりも風車が失敗すると信じておりました。酒場で顔をあわせると、風車が必ず倒れるとか、あるいは倒れなくても決して機能しないとか、あれこれ図式を描いてお互いに証明してみせるのです。それでも不承不承ながら、動物たちが自分たちの活動を管理するやり方の効率性についてはある程度の敬意を抱くようになりました。このしるしの一つは、人間たちが動物農場をその正しい名前で呼ぶようになり、それがメイナー農場と呼ばれているというふりをやめたということでした。またジョーンズをかつぎあげるのもやめました。ジョーンズは、農場を取り戻すという希望をあきらめ、この地方の別のところに引っ越したのです。ウィンパーを通じて以外は、まだ動物農場と外界とは接触がありませんでしたが、ナポレオンがフォックスウッドのピルキントンさんか、ピンチフィールドのフレデリックさんのどちらかとしっかりした事業契約を交わすところだという噂は絶えません――が、両方と同時にそうした契約を交わすという話は決して出ないようでした。

この頃、ブタたちは突然農場邸宅に引っ越して、そこで暮らすようになりました。このときも動物たちは、かつての時代に何か決議があったように記憶していましたが、このときもスクウィーラーがやってきて、そんなことはないのだと説得しました。農場の頭脳たるブタたちが、静かな作業場を持つのは絶対に必要不可欠なことなのです、とかれは言いました。また、単なる小屋ではなく家に住むほうが、指導者（というのも最近のかれは、ナポレオンのことを「指導者」という称号で言及するようになっていたのです）の尊厳にふさわしいのだと述べます。それでも動物たちの一部は、ブタたちが台所で食事をとり、居間を娯楽室として使うだけでなく、ベッドで寝ていると聞いて、不穏に感じたのです。ボクサーはいつもながら「ナポレオンは常に正しい！」でそれを聞き流しましたが、ベッドについてははっきりと禁止令があったはずだと思ったクローバーは、納屋の奥にでかけて、そこに書かれた七戒をなんとか解読しようとしました。そして自分では文字を拾うのが精一杯なので、ミュリエルを呼んできました。

「ミュリエル、四番目の戒律を読んでおくれでないかい？　確か決してベッドで寝てはいけないとか書いてなかったかしら？」

多少苦労しつつ、ミュリエルはそれを読み上げました。

「『すべての動物は、シーツのあるベッドで寝てはいけない』と書いてあるわ」と彼女はやっと述べました。

不思議なことに、クローバーは四番目の戒律にシーツなんか出てきた記憶がありませんでした。でも壁にそう書いてある以上、そうだったにちがいありません。そしてこのときたまたま通りがかったスクウィーラー（イヌを二、三匹従えております）は、この問題すべてに適切な見通しを与えたのでした。

「おお、我々ブタたちがいまや農場邸宅のベッドで寝ている話を聞いたのだね？　それが何か？　ベッドを禁止するような決議などがあったとは、もちろん諸君も思ったりはしていないだろうね？　ベッドとは、単に眠る場所ということだ。小屋のわらの山だって、まともに考えればベッドだろう。規則はシーツを禁止するものだ。シーツは人間の発明品だからだ。我々は農場邸宅のベッドからシーツは取り除き、毛布の間で寝ている。しかも、実に快適なベッドなんだ！　でも同志諸君、請け合ってもいいが、最近我々がやらねばならない頭脳作業のために必要な水準以上には快適ではないぞ。同志諸君、我々の休息を奪ったりはしないだろうね？　我々が任務を果たすのに疲れすぎているようでは困るだろう？　諸君らの中で、ジョーンズが戻ってくるのを見たい者はいないだろう？」

　動物たちはこの点について、即座にスクウィーラーに請け合って見せました。そして農場邸宅のベッドでブタが寝ている件については、もうそれ以上何も話は出ません。そしてそれから数日たって、今後ブタたちは他の動物たちよりも一時間遅く起きると宣言されたときにも、何も文句は出ませんでした。

秋になると、動物たちは疲れてはいましたが幸せでした。つらい一年だったし、干し草と穀物を一部売り払ったので、冬に向けた食料備蓄は決して豊富ではありませんでした。でも風車がすべてを補ってくれました。いまや半分近くまでできています。収穫が終わると晴天がしばらく続いたので、動物たちは空前の奮闘ぶりをみせました。壁をもう三十センチ高く積み上げられるなら、一日中石の塊を抱えて必死で行き来しても、十分にその価値はあると考えたのです。ボクサーにいたっては夜にまでやってきて、収穫月の月明かりで、一、二時間ほど追加で働きました。暇があると動物たちは、半分できあがった風車のまわりをグルグル歩き回り、その壁が強くてまっすぐなのに感心し、自分たちがこれほど立派なものを造れたことに感嘆するのでした。風車について熱意を見せないのは老ベンジャミンだけです。でもかれはいつもながら、ロバは長生きするのだという謎めいた言葉以外には何も言わないのでした。

十一月がやってきて、南西風が猛威を振るいました。いまやセメントを混ぜるには雨が多すぎたので、建設も中断するしかありません。とうとうある晩、風があまりに強すぎて、農場の建物が基礎から揺れ動き、納屋の屋根からは瓦が何枚か吹き飛ばされてしまいました。メンドリたちは、恐怖のあまりわめきつつ目を覚ましました。というのも全員が、遠くで銃声を聞いた夢を同時に見たのです。朝になって動物たちが仕切りから出てくると、旗竿が吹き倒されて、果樹園の手前のニレの木が、大根のように引き抜かれているのがわかりました。これにやっと気がつくと同時に、あらゆる動物ののどから絶望の叫びが漏れました。ひどい光景が目に入ったのです。風車が大破していたのでした。

みんないっせいに現場に駆け出しました。通常はほとんど歩くしかしないナポレオンが、先頭に立って走っています。そう、風車はそこにありました。全員の苦闘の成果が、基礎にいたるまで崩れ落ちているのです。あれほど苦労して割り、運んだ石がそこらじゅうに散乱しています。最初はだれも口がきけず、みんな崩れた石の残骸を悲しげに見つめて立ち尽くしていました。ナポレオンは黙ってあちこち歩き回り、たまに地面を嗅いでいます。その尻尾が硬直して、左右に鋭く揺れていました。ナポレオンの頭が激しく活動しているしるしです。そしていきなり立ち止まり、なにやら腹を決めたようでした。

ナポレオンは静かに言いました。

「同志諸君、これがだれの仕業《しわざ》かわかるか？　夜中にやってきて、風車を破壊した敵がだれだかわかるか？　スノ、、、ーボ、、、ールだ、、、！」とかれはいきなり雷のように声を張り上げて吠えました。「スノーボールがこれをしでかしたのだ！　混じりっけのない悪意をもって、我々の計画を後退させ、不名誉な追放に対する意趣晴らしをしようとして、この裏切り者は夜陰《やいん》に乗じて忍び込むと、一年近くにわたる仕事を破壊したのだ。同志よ、いまここで私はスノーボールに死刑を宣告する。かれに正義をもたらす動物にはだれでも、『動物英雄第二等勲章』とリンゴ半ブッシェルを授与する。生け捕りにした者には、丸一ブッシェルを与えるぞ！」

動物たちは、あのスノーボールといえどもこれほどの行動を実行できると知って、心底驚いてしまいました。糾弾の叫びがあがり、みんなスノーボールが戻ってきたらどうやって捕まえようかと考え始めました。ほぼ即座に、丘からちょっと離れた草の中にブタの足跡が見つかりました。ほんの数メートルほどしかたどれませんでしたが、生け垣の穴に向かっているようです。ナポレオンは深くそれを嗅いで、これはスノーボールの足跡だと宣言しました。そしてスノーボールはどうもフォックスウッド農場のほうからやってきたらしいと意見を述べました。

足跡の検分が終わるとナポレオンは叫びました。「同志諸君、これ以上の遅れは許されん！　やらねばならない仕事がある。この朝から、風車の再建を開始する。そして冬中ずっと、雨だろうと晴天だろうと建設を続ける。この惨めな裏切り者に、我々の仕事をそう簡単には潰せないことを教えてやるのだ。同志諸君、忘れてはいけないぞ。計画には一切変更があってはならない。一日の遅れもなく実行するのだ。同志諸君、前進せよ！　風車に栄えあれ！　動物農場に栄えあれ！」

第7章

厳しい冬でした。嵐のような天候に続いてみぞれと雪がやってきて、その後は堅い霜がおりて、二月の半ば頃までとけませんでした。動物たちは、精一杯風車の再建を進めました。外部世界に見られているのは十分知っていましたし、妬《ねた》み深い人類どもが、風車が予定通り完成しなければ大喜びして勝ち誇るのも知っていたのです。

意地悪な人類どもは、風車を破壊したのがスノーボールだとは信じないふりをしました。倒れたのは壁が薄すぎたからだというのです。動物たちは、そんなことはないのを知っておりました。それでも、壁の厚さを以前のような四十五センチではなく、九十センチにすることが決まりました。これはつまり、集める石もずっと多くなるということです。石切場は長いこと雪が吹きだまり、何も作業ができません。その後の乾いた霜だらけの天気では多少の進展がありましたが、その作業は酷なもので、動物たちも以前ほどはその作業に希望を持てずにおりました。いつも寒く、そして通常は同時におなかも空いていました。熱意を決して失わなかったのはボクサーとクローバーだけです。スクウィーラーは、奉仕の喜びと労働の尊厳について見事な演説をしましたが、他の動物たちはボクサーの強さと、「わしがもっと働く！」という決して衰えない叫びのほうに力づけられるのでした。

一月には食べ物が不足しました。穀物の配給が大幅に減らされ、埋め合わせに追加でジャガイモが配給されると発表されました。でもそこで、収穫したジャガイモの相当部分は山積みにしておいたときの覆いが不十分だったため、霜でやられてしまっているこことがわかりました。ジャガイモはしなびて変色してしまい、食べられるものはごくわずかです。ときには何日にもわたり、動物たちはまぐさとてんさいしか食べ物がありませんでした。飢餓は避けられないように見えました。

この事実を外部の世界から隠すのが不可欠でした。風車の倒壊に気をよくした人類どもは、動物農場について新しいウソをでっちあげていたのです。またもや動物たちがみんな飢餓と病気で死にかけているとか、絶えず内輪でけんかをしているとか、あげくには共食いや子供殺しをしているとかいう話が出回っていました。ナポレオンは、食糧事情に関する事実が知られたらどんなひどい結果が生じかねないかを熟知しており、ウィンパーさんを使って、逆の印象を広めることにしたのです。これまで動物たちは、ウィンパーが毎週訪問するときにも、ほとんどまったく接触はありませんでした。でもいまや、選ばれた動物数匹、主にヒツジたちが、配給が増やされたとかれの耳に入るように、さりげなく述べるよう指示されました。さらにナポレオンは、貯蔵小屋のほとんど空の食料入れを、砂でほぼ満杯にするよう命じました。そしてその上に、残っているわずかな穀物と粗挽き粉を載せさせました。適当な口実でウィンパーは貯蔵小屋を案内され、食料入れを垣間見られるよう仕向けられました。ウィンパーはだまされ、外部世界に対して動物農場では食料不足なんかないと報告し続けたのです。

それでも一月末が近づくと、どこかで追加の穀物を調達するしかないのは明らかとなりました。この頃になると、ナポレオンは滅多にみんなの前に姿を見せず、ずっと農場邸宅にこもりっきりで、どの戸口もすべて恐ろしげなイヌが番をしています。そしてたまに姿を見せても、それは儀式ぶったやり方で、イヌ六匹の護衛が間近にかれを取り巻き、だれかが近寄りすぎるとうなるのでした。日曜朝にすら姿を見せないことも多く、指令は他のブタたちのだれか、通常はスクウィーラーを通じて発するのです。

ある日曜の朝、スクウィーラーは、ちょうどまた産卵期に入ったメンドリたちに卵を引き渡せと通達しました。ナポレオンはウィンパーを通じ、週に卵四百個を引き渡す契約を受け入れたというのです。その収入で、夏がやってきて状況が好転するまで農場を動かし続けられるだけの穀物と粗挽き粉の代金が支払えるとのことでした。

メンドリたちはこれを聞いて、絶叫して抗議しました。すでにこうした犠牲が必要かもしれないと警告はされていましたが、それが本当に起こるとは信じていませんでした。ちょうど春に孵化させるための卵を用意したところで、いま卵を奪うのは殺しも同然だと抗議したのでした。ジョーンズ追放以来初めて、反乱らしきものが起きました。若い黒ミノルカ種に率いられて、メンドリたちは決然とナポレオンの希望を台無しにしようと努力しました。その手法は、垂木にまで飛び上がって卵を産むというもので、卵は床に落ちてこなごなになってしまうのです。ナポレオンは即座に容赦なく行動しました。メンドリたちへのエサの配給を止めるよう命じ、穀物一粒でもメンドリに与える動物はすべて死刑に処すると宣言したのです。その命令が実行されるようイヌたちが監督しました。メンドリたちは五日にわたりがんばりましたが、ついに降参して産卵箱に戻りました。それまでにメンドリ九羽が死亡しました。その死体は果樹園に埋められ、死因はコクシジウム症だと発表されたのでした。ウィンパーはこの一件について何も報されず、卵はきちんと出荷され、雑貨屋の幌付き荷馬車が毎週農場に乗りつけては、卵を運び去りました。

この間ずっと、スノーボールの姿はまったく見られませんでした。近所の農場のどれか、フォックスウッドかピンチフィールドに隠れているというのがもっぱらの噂でした。ナポレオンはこの頃には、他の農場主たちとの関係が少し改善していました。実は、庭には十年前にブナの木立を伐採したときに山積みにされた、木材の山があったのです。いまや十分に乾燥していたので、ウィンパーはナポレオンに、それを売るよう助言していました。ピルキントンさんとフレデリックさんはどっちもそれを買いたくてたまりません。ナポレオンはどちらに売ろうか迷っていて、腹が決まりません。どうも、フレデリックとの合意がまとまりそうだと、スノーボールはフォックスウッドに隠れているのだと宣言され、ピルキントンとの契約に傾くと、スノーボールはピンチフィールドにいることになるようなのです。

いきなり初春に、恐ろしいことがわかりました。スノーボールが夜にしばしば農場を訪れていたのです！　動物たちは実に心乱れ、小屋でほとんど眠れないほどでした。なんでも毎晩スノーボールは夜陰に乗じて忍び込み、いろんな悪事を働いているとか。穀物を盗み、ミルクの桶をひっくり返し、卵を割り、苗床を踏み荒らし、果樹の皮を食い荒らしているのです。何かよくないことが起こったら、それはスノーボールのせいにするのが常となりました。窓が割れたり流しが詰まったりしたら、まちがいなくだれかが、スノーボールが夜にやってきてそれを引き起こしたと言い、貯蔵小屋の鍵がなくなったときにも、スノーボールがそれを井戸に放り込んだのだと農場の全員が確信しました。不思議なことに、置き忘れた鍵が粗挽き粉の袋の下で見つかっても、みんなこの話を信じ続けたのです。ウシたちは、スノーボールが自分たちの小屋に忍び込んで、寝ている間に乳を搾ったと全員一致で証言しました。ネズミたちはその冬には頭痛の種でしたが、かれらもスノーボールの一味だと言われました。

ナポレオンは、スノーボールの活動について徹底調査を行うと宣告しました。そしてイヌたちを従えて、農場の建物の慎重な査察ツアーにでかけ、他の動物たちはしっかり距離を置いてその後に続きました。数歩ごとに、ナポレオンは立ち止まると地面を鼻で嗅ぎ、スノーボールの足跡を探します。においでわかるというのです。納屋でも、ウシ小屋でも、ニワトリ小屋でも、菜園でも、隅々まで嗅ぎ回り、ほとんどあらゆるところにスノーボールの痕跡を見つけました。鼻面を地面にくっつけ、深く息を吸い込むと、恐ろしい声で叫ぶのです。「スノーボールだ！　ここにきていたぞ！　はっきりにおいがわかる！」そして「スノーボール」の一語が出ると、イヌたちはみんな血も凍るようなうなり声をあげ、鋭い歯をむき出しにするのでした。

動物たちは心底怯えました。スノーボールはまるで目に見えない影響力であるかのようで、まわりの空気の中を漂い、ありとあらゆる危険でみんなを脅かしているかのようなのです。晩になるとスクウィーラーが一同を呼び集め、顔に不安そうな表情を浮かべつつ、報告したい深刻な報せがあるのだと告げました。そしてちょっと神経質に飛び跳ねつつ叫びました。

「同志諸君！　実に恐ろしいことが明らかとなった。スノーボールはピンチフィールド農場のフレデリックに身売りしたのだ。フレデリックはこうしている間にも、我々を攻撃して農場を奪おうとしている！　スノーボールは攻撃が始まったら手引き役となることになっているのだ。でもそれよりひどい話がある。これまでスノーボールの反逆は、単にあいつの虚栄と野心から生じたものだと思っていた。でも我々はまちがっていたのだ、同志諸君。その真の理由がわかるかね？　スノーボールは最初からジョーンズと結託しておったのだ！　あいつはずっとジョーンズの秘密スパイだったのだ。これはすべてあいつが残し、我々も最近発見したばかりの文書で証明されたことだ。私に言わせれば、これでいろいろ説明がつくぞ、同志諸君。ウシ小屋の戦いで、あいつが我々を敗北させ、破滅させようとしたのを――ありがたいことに成功はしなかったが――我々も自分の目で見たではないか？」

動物たちは呆然としました。これはスノーボールによる風車の破壊をはるかに上回る悪行です。でもそれを十分にのみこむまでには、しばらくかかりました。スノーボールがウシ小屋の戦いでみんなの先頭に立って突進し、あらゆる場面でみんなを団結させて鼓舞し、ジョーンズの銃からの散弾で背中を怪我したときにも、一瞬たりとも足を止めなかったのを、だれもが覚えていたからです。というか、覚えている気がしたからです。最初は、スノーボールがジョーンズの味方だったという話とこの記憶とでどう折り合いをつけたものか、いささか理解困難ではありました。滅多に疑問を述べないボクサーですら首をかしげました。横になり、前足の蹄を身体の下に折り入れると、目を閉じ、一生懸命考えをまとめようとしました。そして言いました。

「そんなことは信じられない。スノーボールは、ウシ小屋の戦いで勇敢に戦った。それはこの目で見た。わしらは戦いの直後に、かれに『動物英雄第一等勲章』をあげたじゃないかね？」

「それが我々のまちがいだったのだよ、同志。というのもいまや、あいつが実は我々を破滅におびき入れようとしていたことがわかっているからだ――みんな我々が見つけた秘密文書に書かれているんだ」

「でも手傷を負っていた。血を流して走っているところをみんな見ている」とボクサー。

「それも取り決めの一部だったのだよ！　ジョーンズの銃弾はあいつをかすっただけだったのだ。諸君らに読めるものなら、スノーボール自身が書いた文書を見せてあげられるのだが。計画では、スノーボールは決定的な瞬間に退却の合図をして、戦場を敵に譲り渡すことになっていたのだ。そしてほとんど成功しかけた――いや、我らが英雄的指導者、同志ナポレオンのおかげがなかったら、成功していただろう。ジョーンズとその手下が庭に入り込んだとき、スノーボールがいきなりきびすを返して逃げ出し、多くの動物がそれに続いたのを覚えていないのか？　そして、まさにその瞬間、パニックが広がってすべてが失われようとしていたとき、同志ナポレオンが『人間どもに死を！』と叫んで突進し、ジョーンズの足に噛みついたのを覚えていないだろうか？　覚えているはずだろう、同志諸君！」とスクウィーラーは叫び、右へ左へと飛び跳ねています。

いまやスクウィーラーがその場面を実に生き生きと描き出したので、動物たちも自分がそれを覚えているような気がしてきました。確かに、みんな戦いの重要なときに、スノーボールがきびすを返して逃げ出そうとしたのは覚えていました。でもボクサーはまだちょっと落ち着かない様子でした。そしてやっとのことで言いました。

「スノーボールが初めから裏切り者だったとは思えない。その後あいつがやったことは別だ。でもウシ小屋の戦いでは、スノーボールはよき同志だったと思う」

スクウィーラーは、とてもゆっくりと断言いたしました。「我らが指導者、同志ナポレオンが、スノーボールは当初からジョーンズのスパイだったと全面的に――全面的にですぞ、同志――述べておられるのです――しかもそれは、反乱が考案されるよりはるかに昔からのことなのです」

「ああ、それなら話は別だ！　同志ナポレオンがそう言うなら、それは正しいにちがいない」とボクサー。

「それこそ真の動物精神というものだ、同志！」とスクウィーラーは叫びましたが、その小さな輝く目は、ボクサーにかなりどす黒い憎悪の視線を向けているのがわかりました。そして振り返って立ち去ろうとしましたが、そこで足を止め、重々しく付け加えました。「この農場のすべての動物は、目をしっかり開いておくよう警告するぞ。というのも、いまこの瞬間にもスノーボールの秘密スパイが我々の中に潜んでいると考えるべき理由があるからだ！」

四日後、午後遅くに、ナポレオンは動物みんなに庭に集まるよう命じました。一同が集まると、ナポレオンは農場邸宅から姿をあらわし、勲章を二つとも着用して（というのもかれは最近になって「動物英雄第一等勲章」と「動物英雄第二等勲章」の両方を自分に授与したのです）、九匹の巨大なイヌがそのまわりに侍《はべ》り、すべての動物の背筋に寒気を走らせるようなうなり声をあげていました。動物たちはみんなその場で身をすくめ、何か恐ろしいことが起きようとしているのをすでに予想しているかのようでした。

ナポレオンは謹厳に立って聴衆をねめつけました。それから、甲高い鼻声をあげました。即座にイヌたちが飛び出し、ブタたち四匹の耳を捕まえると、苦痛と恐怖でわめきたてるそのブタたちを引きずって、ナポレオンの足下へと連れ出しました。ブタたちの耳は血を流し、それを味わったイヌたちは、しばらくはかなりの狂乱ぶりを見せました。みんなが驚嘆したことに、イヌのうち三匹はボクサーに飛びかかりました。ボクサーはそれを見て、巨大な蹄を前に出し、一匹を空中で捕まえると地面に押さえつけました。そのイヌは許しを求めて悲鳴をあげ、残り二匹は尻尾を巻いて逃げ出しました。ボクサーは、イヌを踏みつぶして殺すべきか、離してやるべきか、ナポレオンのほうを見ました。ナポレオンは態度を変えたようで、イヌを離すよう強い口調でボクサーに命じました。ボクサーは蹄を持ち上げ、イヌは傷ついて吠えながらしょんぼりと引っ込んだのです。

すぐに混乱は落ち着きました。ブタ四匹は表情の隅々にまで罪悪感をあらわにしつつ、震えながら待っています。するとナポレオンはかれらに、自分の犯罪を告白せよと呼びかけました。これはナポレオンが日曜の会合を廃止したときに抗議した、あの四匹のブタでした。それ以上何も促されることなく、四匹は自分たちが、スノーボールの追放以来ずっとかれと接触しており、風車の破壊も共謀し、動物農場をフレデリックさんに引き渡す約束を取り交わしたのだと告白しました。そして、何年も前からジョーンズの秘密スパイだったことをスノーボールが密かに認めたと付け加えました。ブタたちが告白を終えると、イヌたちは即座にそののどをくいやぶり、ナポレオンは恐ろしい声で、他に何か告白のある動物は出てこいと要求したのでした。

次に卵をめぐる反乱未遂で主導役となっていたメンドリ三羽が進み出ると、スノーボールが夢にあらわれて、ナポレオンの命令に逆らうようそそのかしたのだと証言しました。かれらもまた、虐殺されました。それからガチョウが一羽進み出ると、昨年の収穫でトウモロコシを六本隠匿し、夜中にそれを食べたと告白しました。それからヒツジが、水飲み池に小便をしたと告白しました——スノーボールにそそのかされたと言います。そして他にヒツジ二匹が、ナポレオンにことさら忠実だった老オスヒツジを殺したと告白しました。咳で苦しんでいるときに、たき火の周りをグルグル追いかけ回して殺したというのです。みんなその場で殺されました。こうして告白話と処刑がつづき、やがてナポレオンの足下には死体が山ほど積み上がって、あたりには血のにおいが重くたちこめるようになりました。血のにおいなどジョーンズの追放以来一度もなかったものです。

すべてが終わると、残った動物たちはブタとイヌたち以外、一団となってひっそりとそこを立ち去りました。みんな震撼して惨めでした。どっちのほうが衝撃的だったかもわかりません——スノーボールに肩入れした動物たちの裏切りか、それともいま目撃した残虐な懲罰か。かつての時代も、同じくらいひどい流血の場面はありましたが、それが自分たち同士で行われているとなると、はるかにひどいものだとだれもが感じていたのです。ジョーンズが農場を去ってから今日に至るまで、動物が他の動物を殺したことはありませんでした。ネズミさえも殺されてはいません。みんな、半分完成した風車の立つ小さな丘へと向かいました。そして一斉に、まるで身を寄せ合って暖を取るかのように、みんな横になりました——クローバー、ミュリエル、ベンジャミン、ウシたち、ヒツジたち、ガチョウやニワトリみんなの群れ——まさに全員です。ただしナポレオンが動物たちに招集をかける直前に突然姿を消したネコだけは別でした。しばらく、だれも何も言いませんでした。立っていたのはボクサーだけです。かれは右へ左へと身をゆすり、長い黒い尻尾で脇腹を撫でつつ、ときどきちょっと驚いたように鼻を鳴らしました。そしてついにこう言いました。

「わしには理解できない。こんなことがわしらの農場で起こるとは信じられない。たぶんわしら自身の落ち度のせいなんだろう。わしの見るところ、解決策は、もっとがんばって働くことだ。これからわしは、毎朝丸一時間早起きするぞ」

そして、速足でドシンドシンと石切場へと向かったのでした。たどりつくと、石の山を二つ集め、次々に風車へと引きずって運び、その夜は就寝しました。

動物たちはクローバーのまわりに集まり、何も言いませんでした。いま横たわっている丘は、あたりの田園を広く見渡せるところでした。動物農場のほとんどすべてが視界に入っています——本道へと続く長い放牧地、干し草畑、木立、水飲み池、若い小麦が青々と育つ耕作地、煙突から煙を漂わせている農場の建物の赤い屋根。晴れた春の夕方でした。草と茂る生け垣は、残り陽に照らされて輝いています。農場が——一種の驚きをもって、動物たちはそれが自分たちの農場であり、隅々まで自分たちの所有物なのだということを思い出しました——これほど望ましい場所に見えたことはいまだかつてありません。クローバーが丘を見下ろすと、その目には涙があふれました。もし思ったことを口にできたなら、何年も前に人類打倒のために活動を始めたときにみんなが目指していたのはこんなものではなかったと述べたことでしょう。こんな恐怖と虐殺の光景は、老メイジャーが初めてみんなを反乱へと駆り立てた、あの晩以来みんなが期待していたものではありません。彼女自身が何か将来の光景を描いていたとすれば、それは動物たちが飢餓と鞭から解放され、みんなが平等で、それぞれが能力に応じて働き、強い者が弱い者を守る社会でした。ちょうどメイジャーの演説の晩に、彼女が迷子のアヒルの子たちを前足で守ってあげたように。でもかわりに訪れたのは――なぜだかはわかりませんでした――だれも思ったことを決して口に出せない時代、うなる恐ろしいイヌたちがそこら中をうろつく時代、衝撃的な犯罪を告白した同志たちが、八つ裂きにされるのを目にしなくてはならない時代なのでした。彼女は、反乱や不服従などまったく考えてはおりません。こんな状態であっても、ジョーンズの時代よりははるかにマシだと彼女もわかっていたし、何よりも人類どもの復帰は阻止しなければと知っておりました。何が起ころうとも、信念を失わず、一生懸命働き、与えられた命令を実行し、ナポレオンの指導を受け入れるでしょう。それでも、彼女や他の動物たちが期待し、苦闘したのはこんなことのためではありませんでした。風車を造り、ジョーンズの銃弾に直面したのはこんなことのためではありません。これが彼女の思っていたことなのですが、それを表現する言葉を彼女は持ち合わせておりませんでした。

　とうとう、自分が言いたくても見つけられない言葉に多少なりともかわるものだと感じて、彼女は「イギリスの獣たち」を歌い始めました。まわりにすわる他の動物たちもそれに唱和して、みんなで三回それを歌ったのです——実に旋律豊かに、でもゆっくりと悼《いた》むような、これまで一度も歌ったことのないやり方で歌いました。

　ちょうど三回目を歌い終えたとき、スクウィーラーがイヌを二匹従えて、何か重要な発言がありそうな雰囲気を漂わせつつ近づいてきました。同志ナポレオンの特別布告により「イギリスの獣たち」は廃止された、とかれは宣言しました。今後はそれを歌うのは禁止だ、と。

　動物たちは唖然としました。

「どうしてですか？」とミュリエルが叫びました。

　スクウィーラーは堅い口調で答えました。「もう必要ないからだよ、同志。『イギリスの獣たち』は反乱の歌だ。でも反乱はいまや完成した。今日の午後の裏切り者たちの処刑がその最後の活動だ。これで外部の敵も内部の敵も打倒された。『イギリスの獣たち』では、我々は来《きた》る時代のもっとよい社会に対する希求を表現していた。でもその社会がいまや確立されたのだ。明らかにこの歌はもはや何の役目も果たさない」

みんな怯えていたとはいえ、動物たちの一部はここで抗議の一つもしようかというところでしたが、この瞬間にヒツジたちがいつものように「四本足はよい、二本足は悪い」とメエメエわめき始め、これが数分続いたので議論も終わってしまいました。

だから「イギリスの獣たち」はもう聞かれることはありませんでした。かわりに詩人ミニマスが、別の歌を作りました。その歌い出しはこんな具合です。

動物農場よ、動物農場よ
我から汝に及ぼす危害なし!

そしてこれが、日曜の朝ごとに、旗の掲揚に続いて歌われました。でもなぜか、その歌詞も曲も、動物たちにとっては「イギリスの獣たち」にとうてい及ばないように思えたのでした。

第8章

数日後、処刑が引き起こした恐怖がおさまると、動物たちの一部は戒律の六番目が「すべての動物は他のどんな動物も殺してはいけない」と定めていたのを思い出しました――少なくともそう定めていた気がしたのです。だから、だれもそれをブタやイヌたちに聞かれそうな場所で述べようとはしなかったものの、行われた殺戮がこれと相容れないような印象がありました。クローバーはベンジャミンに、戒律の六番目を読んでくれと頼みました。そしてベンジャミンがいつもながら、自分はそういう話には関わらないと述べると、ミュリエルが呼ばれました。ミュリエルは戒律をクローバーのために読み上げました。そこには「すべての動物は他のどんな動物も理由なしに殺してはいけない」と書かれていたのです。なぜかはわかりませんが、「理由なしに」という言葉が動物たちの記憶からは抜け落ちてしまっていました。でもいまや、戒律の違反はなかったことがわかりました。というのも、スノーボールと野合した裏切り者どもを殺すのは、十分に理由のあることだったからです。

その一年を通じて動物たちは、前の年よりさらにがんばって働いて風車を再建しようとしました。いまやそれは、以前より壁の厚さが二倍で、農場の通常作業をこなしつつそれを予定日までに仕上げるというのは、すさまじい労働です。ときには動物たちが、ジョーンズ時代よりも長時間働き、食事はまったくマシになっていないと思えるときもありました。日曜の朝ごとにスクウィーラーは、前足で長い紙を持って、あらゆる種類の食糧生産が、二百パーセント、三百パーセント、いやときには五百パーセントも増えたと証明する、一連の数字を読み上げるのでした。動物たちとしては、これをことさら疑う理由もありません。特に反乱以前の状態がどんなものだったか、もはやあまりはっきり思い出せないのでなおさらです。そうはいっても、数字は少なくていいからもっと食べ物が欲しいと思う日もあったのでした。

あらゆる指令はいまやスクウィーラーか、他のブタのだれかを通じて発せられました。ナポレオン自身は二週に一度すらみんなに顔を見せません。そして顔を見せるときには、イヌのつきそいだけでなく、黒いオンドリも随行しておりました。それがナポレオンの先頭を行進して、一種のラッパ手のような役割を果たし、ナポレオンが口を開く前に大声で「コケコッコー」と鳴くのです。なんでも農場邸宅の中ですら、ナポレオンは他のブタたちとは別の部屋に暮らしているとか。食事も一匹で、イヌ二匹に給仕されて食べ、いつも居間のガラス製食器棚にあったクラウンダービー食器セットを使うそうです。また銃は、毎年他の二つの記念日に加え、ナポレオンの誕生日にも発射されると発表されました。

いまやナポレオンは、単に「ナポレオン」とだけ呼ばれることは決してありません。いつも正式な形で「我らが指導者、同志ナポレオン」と呼ばれ、そしてブタたちはかれのために、万獣の父、人類の恐怖、ヒツジたちの保護者、アヒルの友などといった肩書きを発明するのがお気に入りでした。スクウィーラーは演説の中で、ナポレオンの英知や、心の善良さ、あらゆるところの全動物に対してかれが抱く深い愛情について、頬に涙をつたわせつつ語るのです。その愛情は、他の農場で無知と隷属の元に暮らす不幸な動物に対してすら、いや特にそうした動物たちに向けられているそうです。あらゆる成功した業績や、あらゆる幸運をすべてナポレオンのおかげとするのが通例となりました。しばしば、あるメンドリが別のメンドリに対し「我らが指導者、同志ナポレオンの指導のおかげで、六日間で卵を五つも産めたわ」とか、ウシたち二頭が水飲み場で水を楽しんでいるときに「同志ナポレオンの指導力のおかげで、この水はなんと美味しいことでしょう」などと言っているのがよく聞こえてきます。農場での全般的な感情をよく表しているのが「同志ナポレオン」という詩で、これはミニマスが書いたものでこんな具合でした。

父《てて》なし子の友！
幸福の源！
エサ箱の主！　ああ汝の静かで
厳しい目を見ると、
我が心は空の太陽のごとく
燃えさかる
同志ナポレオンよ！

あなたこそはその生き物たちの

愛するものすべてを与えたもう
一日二回の満腹と、横たわるきれいなわらだ
大も小もすべての獣が
小屋で安らかに眠るのを
汝はすべて見守る
同志ナポレオンよ！

手元に子ブタがいたなら
それがビール瓶や麺棒ほど
大きく育つ前に
汝に忠実で誠を尽くすよう
学ぶにしくはない
そう、その産声はこうであるべき
「同志ナポレオン！」

ナポレオンはこの詩を承認し、大納屋の、七戒と反対側の壁に書かせました。その上にはナポレオンの横顔を描いた肖像画が掲げられていました。スクウィーラーが白いペンキで描いた絵です。

一方、ウィンパーの仲立ちで、ナポレオンはフレデリックとピルキントンとのややこしい交渉に入っていました。木材の山はまだ売れていません。二人のうち、フレデリックのほうがそれを手に入れたがっていましたが、あまりよい価格を提示しないのです。同時に、フレデリックとその手下たちが動物農場を攻撃し、風車を破壊しようと企んでいるという噂が復活しました。風車の建設で、フレデリックは恐ろしいほどの嫉妬をかきたてられたのです。スノーボールはまだピンチフィールド農場に潜伏しているのがわかっていました。メンドリ三羽が、スノーボールに啓発されてナポレオン暗殺計画を企てたと自主的に告白したという話が夏のさなかに発表され、動物たちは驚きました。メンドリたちは即座に処刑され、ナポレオンの安全を守るための新しい予防策がとられました。夜にはかれのベッドの四隅それぞれをイヌが一匹ずつで守り、ピンクアイという若いブタが、ナポレオンの食べるあらゆる食べ物を事前に毒味する役割を与えられたのです。

時を同じくして、ナポレオンは木材の山をピルキントンさんに売るよう手配したという話が出回りました。また動物農場とフォックスウッドの間で一部の産物を交換する定期契約も交わすことになっていました。ナポレオンとピルキントンの関係は、ウィンパー経由のものでしかないとはいえ、いまやほとんど友好的とさえ言えるほどでした。動物たちは、人類であるピルキントンを信用はしていませんでしたが、恐れ嫌うフレデリックよりはずっとマシだと思っていました。夏が深まり、風車が完成に近づくと、卑劣なる攻撃が迫っているという噂はますます強まりました。なんでもフレデリックは、二十人の人間に銃を持たせて攻撃させるつもりであり、すでに裁判官や警察には賄賂を渡してあるので、動物農場の権利書を手に入れたらだれにも文句は言われないようにしてあるのだといいます。さらにピンチフィールド農場からは、フレデリックが自分の動物たちに加えている残虐行為についてのひどい話が漏れ伝わってきました。老馬を殴り殺し、ウシたちを飢えさせ、イヌを暖炉に放り込んで殺し、晩には蹴爪《けづめ》にカミソリの刃を縛り付けたオンドリたちを戦わせて楽しんでいるのです。同志たちがそんな目にあっていると聞いて、動物たちの血は怒りで煮えくりかえりましたし、ときにはみんなが集まって、ピンチフィールド農場を一斉攻撃し、人間どもを追い出して、動物たちを解放する許可を与えてくれと求めることもありました。でもスクウィーラーが、拙速な行動は避けるようみんなを説き伏せ、同志ナポレオンの戦略を信じるように告げたのです。

それでも、反フレデリックの気運は高まっていました。ある日曜の朝、ナポレオンが納屋にあらわれて、いつどの時点においても木材の山をフレデリックに売却しようなどと思ったこともない、と説明しました。あんなとんでもない悪党と取引するなど、自分の尊厳に関わると言うのです。反乱の勢力を広めるために送り出されているハトたちは、フォックスウッド農場には一切立ち入ってはならないとされ、かつての「人間どもに死を」というスローガンのかわりに「フレデリックに死を」を使うよう命じられました。晩夏になると、スノーボールの陰謀がまたも明らかとなりました。畑の小麦が雑草だらけだったのです。スノーボールは深夜の訪問の中で、穀物の種に雑草の種を混ぜていたのでした。その畑に関与していたガチョウがスクウィーラーに己の罪を告白し、猛毒のベラドンナの実を飲み込んで、即座に自殺したそうです。そして動物たちは、スノーボールが実は一度も——多くの動物がそれまで信じていたように——「動物英雄第一等勲章」を授与されてはいないことを報されました。これは単に、ウシ小屋の戦いの後にしばらくしてから、当のスノーボールが広めた伝説でしかなかったのです。実は勲章などもらうどころか、かれは戦闘で臆病ぶりを示したために懲罰を受けたのでした。またもや動物たちの一部は、これを聞いていささか困惑したのですが、間もなくスクウィーラーが、かれらの記憶のほうがまちがっているのだと納得させました。

秋になると、精根枯らすほどの途方もない努力のおかげで——というのも収穫の刈り入れもほぼ同時に行わねばなりませんでしたから——風車が完成しました。まだ機械類は設置されておらず、ウィンパーがその購入を手配中ではありましたが、建物は完成しました。あらゆる困難にもかかわらず、経験不足にも負けず、原始的な道具にも耐え、不運とスノーボールの裏切りにもひるむことなく、作業は予定通り、一日もたがわずに完成したのです！　疲れきってはいても誇らしい動物たちは、その傑作のまわりをぐるぐると歩き回りました。かれらにしてみれば、それは最初に造られたときよりもなおさら美しく見えたのです。それに、壁は以前の二倍も厚いのです。爆薬でも持ってこなければ、これを壊すことはできません！　そして自分たちがいかに辛苦し、どれほどの逆境を乗り越えたか、そしてこの風車の羽根が回転して発電機が動き始めたら生活がどれほどすさまじく変わるか——それをすべて考えると、動物たちは疲れも忘れ、みんな風車のまわりをぐるぐると跳ね回り、勝利の叫びをあげるのでした。ナポレオンは、イヌたちとオンドリに付き添われて、自らその完成物の視察にやってきました。そして動物たちを、その業績について自ら祝し、この風車をナポレオン風車と命名すると宣言しました。

二日後、動物たちは納屋での特別集会に招集されました。そしてナポレオンが、木材の山をフレデリックに売却したと発表したので、一同はぽかーんとしてしまいました。次の日には、フレデリックの荷馬車がやってきて、木材の搬出を始めるそうです。ピルキントンと親しいふりをしている間ずっと、ナポレオンは実はフレデリックと秘密の取り決めを交わしていたのでした。

フォックスウッドとのあらゆる関係は断たれました。ピルキントンには侮辱メッセージが送られます。ハトたちはピンチフィールド農場を避けて、スローガンを「フレデリックに死を」から「ピルキントンに死を」に変えるよう言われました。同時にナポレオンは動物たちに、動物農場に対する攻撃間近の物語はまったくのウソであり、フレデリックが飼っている動物たちに加えているという残虐行為の話はひどく誇張されていたと断言してみせました。こうした噂はおそらくすべて、スノーボールとそのスパイが流したものだったのです。いまやどうも、スノーボールは結局のところピンチフィールド農場には隠れておらず、それどころか実は一度たりもそこにはいなかったようなのです。かれはフォックスウッドで暮らしており――しかもかなり豪勢な暮らしをしているとか――実は長年にわたりピルキントンのところに身を寄せていたのでした。

ブタたちはナポレオンの抜け目なさに歓喜しておりました。ピルキントンと仲良くするふりをすることで、かれはフレデリックに、買い取り価格を十二ポンド引き上げさせたのです。でもナポレオンの頭の優秀性を示しているのは、かれがだれも信用しなかったという事実なのだ、とスクウィーラーは言いました。フレデリックすら信用しなかったのです。フレデリックは、木材の代金を小切手とかいうもので支払いたがっておりましたが、それはどうやら、支払いの約束を書き付けた紙切れだったようです。でもナポレオンは賢くてそんな手にはのりません。かれは支払いを本物の五ポンド紙幣で要求いたしまして、しかも木材を運び去るより先に紙幣をよこすように取り決めました。すでにフレデリックは支払いを終えています。そしてその支払い額は、ちょうど風車の機械を買えるだけのものだったのでした。

その間に、木材はさっさと運び去られていました。それがすべてなくなると、またもや納屋で特別集会が開かれ、動物たちはフレデリックからの紙幣を検分いたしました。満足げに微笑み、勲章を両方ともつけたナポレオンは、壇上のわらの寝台でくつろぎ、その横にはお金が、農場邸宅の台所から持ってきた瀬戸物のお皿の上に、きれいに積まれています。動物たちは一列になってゆっくりとその横を通り、それぞれ好きなだけ眺めました。ボクサーは鼻を突き出して紙幣を嗅いでみました。すると頼りないまっ白な紙切れは、その息に吹かれてめくれ、カサカサと言うのでした。

三日後、ひどい大騒動が起こりました。ウィンパーが、死人のように蒼白な顔をして、自転車で道をやってきて、それを中庭に乗り捨てると、農場邸宅に駆け込んだのでした。次の瞬間、ナポレオンの部屋からのどを詰まらせたような怒りの吠え声が響きました。何が起こったか、報せが野火のように農場を駆け巡りました。紙幣は偽物だったのです！　フレデリックはただで木材をせしめたのです！

ナポレオンは即座に動物たちを招集し、恐ろしい声でフレデリックに死刑を宣告いたしました。捕まえたら、フレデリックは釜ゆでにしてやると言います。同時に、この裏切り行為の後では最悪の事態を覚悟しなければならないとも警告しました。フレデリックとその手下たちは、昔から予想されていた攻撃をいつ始めないとも限りません。農場への道すべてに見張りが置かれました。さらに、ピルキントンとの良好な関係をなんとか修復できないかと期待して、ハト四羽が懐柔をはかるメッセージを持ってフォックスウッド農場に派遣されたのでした。

まさにその翌朝、攻撃が始まりました。動物たちが朝食を食べていると、見張りが駆け込んできて、フレデリックとその手下たちがすでに五本柵の門から入ってきたと報じたのです。動物たちは大胆にも人間たちを迎え撃とうと前進しましたが、今回はウシ小屋の戦いのときのような、楽な勝利は得られませんでした。人間は十五人いて、銃も六丁あり、五十メートル以内にくるとすぐに発砲しました。動物たちはその恐ろしい爆発音と刺すような散弾に耐えられず、ナポレオンやボクサーがみんなに隊列を組ませようとしても、みんなすぐに押し戻されました。すでに多くが怪我をしています。みんな農場の建物に逃げ込んで、裂け目や節穴からこわごわ覗いてみました。大放牧場は、風車を含め敵の手に落ちていました。そのときには、ナポレオンですら途方に暮れているようでした。何も言わずに歩き回り、尻尾は硬直してぴくぴくしています。フォックスウッドのほうに物欲しそうな視線が送られました。ピルキントンとその手下が助けてくれたら、まだ勝ち目はありました。でもそのとき、前日に送り出されたハト四羽が戻ってきて、そのうち一羽はピルキントンからの紙切れを携えていました。そこには鉛筆でこう書かれていました。「いい気味だ」

一方、フレデリックとその手下たちは風車のまわりで立ち止まりました。動物たちはそれを見つめ、みんなが嘆きのつぶやきを漏らしました。手下のうち二人が、鉄梃《かなてこ》と大ハンマーを持ち出してきています。連中は風車を倒すつもりなのです。

ナポレオンは叫びました。「できるわけがない。風車の壁は実に分厚く造ったから、そんなのは無理だ。一週間かけてもあれを壊したりはできん。勇気を持て、同志諸君よ！」

でもベンジャミンは、人間たちの動きを注視していました。ハンマーと鉄梃を持った二人は、風車の土台付近にドリルで穴を開けています。ゆっくりと、ほとんどおもしろがるかのような様子で、ベンジャミンは長い鼻面を縦に振ってうなずきました。

「思った通りだ。あいつらが何をしてるのか、わからんのか？　すぐにもあいつらは爆薬をあの穴に詰め込むぞ」

恐れおののき、動物たちは待ち受けました。いまとなっては建物の隠れ場所から出ていくのは不可能です。数分後、人間たちがちりぢりに走り去るのが見られました。そして、耳をつんざく轟音がしました。ハトたちは宙に舞い上がり、ナポレオン以外のすべての動物は、腹ばいになって顔を覆います。みんなが起き上がると、巨大な黒煙が風車のあった場所にたちこめていました。そしてそよ風がゆっくりとそれを吹き流します。風車は影も形もなくなっていました！

これを見て、動物たちは勇気を取り戻しました。一瞬前に感じた恐怖と絶望は、この邪悪で卑劣な行動に対する怒りにかき消されました。復讐を求める大きな叫びがわき起こり、それ以上命令を待つことなく、みんな一丸となって突進して、まっすぐ敵に向かいました。今回は、残酷な散弾がひょうのように降り注いでも気に留めません。凶暴でつらい戦いでした。人間たちは何度も銃を撃ち、動物たちが接近すると、棍棒と重いブーツで突撃してきました。ウシ一頭、ヒツジ三匹、ガチョウ二羽が殺され、ほとんど全員が手傷を負いました。後方で作戦の指揮をとっていたナポレオンですら、散弾で尻尾の先を削られました。でも人間たちのほうも無傷ではすみません。三人はボクサーの蹄で頭を割られました。もう一人はウシの角で腹をえぐられました。もう一人はジェシーとブルーベルにズボンを引き裂かれそうになりました。そしてナポレオン自身のボディガードである九匹のイヌが（ナポレオンは、脇にまわって生け垣に隠れているようかれらに指示してあったのです）突然人間たちの側方からあらわれ、恐ろしいうなり声をあげると、人間たちはパニックに襲われました。包囲されかねないのを見て取ったのです。フレデリックは、まだ状況がマシなうちにそこを離れるよう手下たちに叫び、そして次の瞬間、臆病な敵どもは命からがら逃げ出していました。動物たちは、畑の奥まで人間どもを追いかけ、イバラの生け垣を無理に脱《ぬ》けようとするかれらに、最後の一蹴りを食らわせたのでした。

勝ちはしましたが、みんな疲れきって血を流しています。ゆっくりとみんな、足を引きずりつつ農場に戻り始めました。死んだ同志たちが草の上に転がっている様子を見て、涙を流す者たちもおりました。そしてかつて風車のあった場所では、みんな悲しみに押し黙ったまましばらく足を止めました。そう、風車は消えていました。みんなの労働は、ほぼ跡形もなく消えていました！　基礎さえも一部は破壊されています。そして再建するにしても、今度は以前とちがって転がっている石は使えません。今回は石も消えてしまいました。爆発の威力で、石は何百メートルも噴き飛ばされてしまったのです。まるで、風車などそこに存在したこともないかのようでした。

農場の近くまでやってくると、スクウィーラーが（かれは戦闘中は姿を消していましたが説明はありません）スキップでみんなのほうにやってきて、尻尾を左右に振って実に満足げな様子を漂わせています。そして動物たちは、農場の建物のほうから、荘厳な銃声を耳にしたのでした。

「なんで銃を撃ったりしてるんだ？」とボクサー。

「勝利を祝うためだ！」とスクウィーラーは叫びます。

「どこが勝利だ？」とボクサー。ひざからは血を流し、蹄鉄を一つ失い蹄は裂け、後足には散弾が一ダースもめりこんでいます。

「どこが勝利だ、ですと、同志よ？　敵を我らの土地から——動物農場の聖なる土から——追い払ったではないか？」

「でも風車を破壊された。二年もかけてきたのに！」

「それがどうした？　風車はまた造ればいい。その気になれば風車六基だって造ろう。我々がなしとげてきたすごい成果がわからんようだな、同志よ。敵はいま我々が立っているまさにこの土地を占領していた。それがいまや——同志ナポレオンのありがたき指導のおかげで――その隅々まで取り戻したのだ！」

「では、取り戻したのは元々わしらが持っていたものということか」とボクサー。

「それが我らの勝利だ」とスクウィーラー。

一同は足を引きずって中庭にやってきました。ボクサーの皮の下にある散弾は、ずきずきと痛みます。かれは、風車を基礎から再建するという重労働がこの先待ち構えているのを知って、すでに頭の中でその任に向けて覚悟を決めました。でもこれまで一度もなかったことですが、かれは自分がすでに十一歳で、その強大な筋肉も、かつてほどの強さを持っていないかもしれないと思い当たったのです。

でも動物たちが、はためく緑の旗を目にし、銃が再び発射されるのを聞き――全部で七回発射されました――一同の活躍を祝すナポレオンの演説を聴くと、結局のところ自分たちが大勝利を収めたような気がしてきました。戦いで殺された動物たちのためには荘厳な葬儀が行われました。ボクサーとクローバーは、霊柩車として使われる荷馬車を引き、葬列の先頭にはナポレオン自らが立ったのです。祝賀に丸二日が割かれました。歌があり、演説があり、もっと銃が発射され、すべての動物にはリンゴが一つ、特別な贈り物として与えられ、トリたちには穀物二オンスと、イヌにはそれぞれビスケット三枚が授与されました。この戦いは、風車の戦いと名付けられると発表され、ナポレオンが新しい勲章、「緑旗勲章」を創設し、それを自分自身に授与したことも報されました。農場あげての祝賀の中で、お札をめぐる残念な一件は忘れ去られました。

その数日後、ブタたちは農場邸宅の物置でウィスキーのケースを見つけました。邸宅に最初に入居したときには見過ごされていたのです。その晩、農場邸宅からは、高歌放吟《こうかほうぎん》の声がして、その中には「イギリスの獣たち」の一部も混じっていたのでみんなびっくりしました。九時半頃にナポレオンは、ジョーンズさんの古い山高帽をかぶって裏口からはっきりと姿をあらわし、中庭を勢いよく駆け回ると、またもや家の中に姿を消したのでした。でも朝になると、農場邸宅は深い沈黙に包まれていました。ブタは一匹残らず身じろぎすらしないようです。スクウィーラーが登場したのは九時近くなってからで、その歩みはのろく、ふらついていて、目は鈍く、尻尾は背後で力なくぶら下がっていて、どこから見ても深刻な病気のようでした。かれは動物たちを呼び集め、ひどい報せを伝えねばならないと言います。同志ナポレオンが死にかけている！

悲嘆の叫びがあがりました。農場邸宅のドアの外にはわらが敷かれ、動物たちはつま先立ちで歩きます。目に涙を浮かべつつ、みんな口々に、指導者を失ったらみんなどうしようと語り合うのでした。実はスノーボールがナポレオンの食べ物に毒を盛るようたくらんだのだ、という噂が流れました。十一時になると、スクウィーラーが出てきて再び発表を行いました。地上での最後の活動として、同志ナポレオンは荘厳なる布告を下したというのです。飲酒は死刑に処す、というのでした。

でも晩になると、ナポレオンは少し回復したらしく、翌朝になるとスクウィーラーは、ナポレオンが着実に快方に向かっていると告げました。その日の夜になるとナポレオンは仕事に戻り、その翌日には、かれがウィンパーに指示してウィリンドンで、醸造と蒸留に関する小冊子を買ってこさせたことが知れ渡りました。一週間後、ナポレオンは果樹園の向こうにある小さな馬場を耕すように命令を出しました。そこはこれまで、働ける歳を過ぎた動物たちの放牧場としてとっておかれた場所です。その放牧地は食い尽くされたので種をまきなおす必要があるのだ、というのが説明でした。でもやがて、ナポレオンがそこに大麦をまくつもりなのだという話が伝わりました。

この頃、ほとんどだれも理解できない奇妙な出来事が起こりました。ある晩、夜の十二時頃に、中庭でドシンという大きな衝撃音が響き、動物たちは仕切りから飛び出してきました。月夜でした。大納屋の奥の、七戒が書かれている壁の下に、真っ二つに折れたはしごが転がっていました。一時的に気絶したスクウィーラーがその横で大の字になっていて、その手元近くにはランプと、ペンキのブラシと、ひっくり返った白ペンキのつぼが転がっています。イヌたちは即座にスクウィーラーのまわりに円陣を作り、かれが歩けるようになるがはやいか、農場邸宅へと導いていきました。動物たちは、これがどういうことなのかまったく見当もつきませんでしたが、老ベンジャミンだけは、訳知り顔で鼻面を縦に振り、なにやら理解したようだったのですが、でも何も言いませんでした。

でも数日後、ミュリエルが自分で七戒を読み返していると、動物たちが記憶ちがいをしていたものがさらに一つあったことに気がつきました。みんなは第五の戒律が「すべての動物は酒を飲んではいけない」だったと思っていましたが、実はみんなが忘れている言葉があったのでした。実際に戒律はこうだったのです。「すべての動物は酒を過剰に飲んではいけない」

第9章

　ボクサーの割れた蹄は、治るまでにずいぶんかかりました。勝利の祝宴が終わった翌日から、風車の再建は始まりました。ボクサーは一日たりとも仕事を休むのを拒み、名誉にかけても自分が痛みに苦しんでいる様子を見せないようにしました。夜になると、こっそりとクローバーに、蹄が大いに痛むのだと告白するのでした。クローバーはその蹄を、嚙んで調製した薬草の湿布で手当てして、ベンジャミンといっしょに、ボクサーに仕事を控えるよう促しました。「ウマの肺はいつまでも保《も》つものじゃないんだから」とクローバーは言います。でもボクサーは聞く耳を持ちません。自分にはもう真の野心がたった一つしか残っていないのだ、と言います。それは引退年齢に達するまでに、風車の相当部分ができあがるのを見ることなのだそうです。

　当初、動物農場の法律が最初に定められた頃には、ウマとブタの引退年齢は十二歳、ウシは十四歳、イヌは九歳、ヒツジは七歳、ニワトリやガチョウは五歳とされていました。太っ腹な高齢年金が合意されていたのです。いまのところ、実際に引退して年金暮らしとなった動物はまだおりませんでしたが、最近ではこの問題がますます話題となるようになりました。いまや果樹園の向こうの小さな草地が大麦用に取られてしまったので、大放牧地の一角が柵で仕切られ、引退した動物たちの草はみ場になるともっぱらの噂でした。またウマの場合、年金は一日穀物五ポンド、冬には干し草十五ポンド、祝日にはニンジンか、ひょっとするとリンゴがもらえるという話です。ボクサーの十二歳の誕生日は、翌年の晩夏に控えておりました。

一方、暮らしはつらいものでした。冬は前年に負けず厳しいもので、食べ物はもっと不足していました。またもやエサの配給がすべて減らされましたが、ブタとイヌの分だけは別でした。スクウィーラーの説明では、配給のあまりに硬直した平等性は動物主義の原理に反するのだそうです。いずれにしてもスクウィーラーは、実際にどう見えようとも実はみんなの食料は不足などしていないのだと、簡単に証明してしまいました。いまのところは確かに、配給の再調整が必要にはなりましたが（スクウィーラーはいつも「削減」と言わず「再調整」と言うのです）、ジョーンズの時代に比べれば、すさまじい改善が見られるというのでした。カラス麦も、干し草も、蕪《かぶ》もジョーンズの時代より多いし、労働時間も短くなり、飲料水の質も改善し、寿命も長く、子供たちも幼児期に死なずにすみ、仕切りのわらも増え、ノミも減っているのだと、甲高い早口で数字を読み上げ、細かく証明してみせたのです。動物たちは一言残らずそれを信じました。実を言えば、ジョーンズやかれが象徴しているものすべては、みんなの記憶からはほとんど薄れ去ってしまっていたのでした。みんな、最近の暮らしは厳しく乏しいもので、しょっちゅう腹を空かせて寒さに震え、起きている時間のほとんどは働いているのが通例だとは知っています。でもかつてはまちがいなくもっとひどかったのでしょう。そう信じることでみんな、ありがたく思いました。それに当時はみんな奴隷だったのに、いまやみんな自由で、それが状況をまったくちがうものにしています。スクウィーラーもこれをすかさず指摘しました。

いまや食べさせる口もずっと増えていました。秋にはメスブタ四匹がほぼ同時に出産し、全部で三十一匹の子ブタが生まれました。子ブタたちはまだら模様で、農場には去勢されていないオスブタがナポレオンしかいない以上、その親がだれかを推測するのも容易です。後にレンガと木材が購入され、農場庭園の庭に教室が建設されると発表されました。とりあえず子ブタたちは農場邸宅の台所で、ナポレオン自らの教育を受けることとなりました。庭園で運動し、他の動物の子供たちとは遊ばないよう言われていました。またこれと前後して、ブタが他のすべての動物と道ですれちがうときには、他の動物のほうが道を譲らねばならないというルールができました。そしてあらゆるブタは、どんな階級だろうと、日曜には緑のリボンを尻尾につける特権が与えられたのです。

その年、農場はそこそこ繁栄しましたが、それでもお金が足りません。教室のためのレンガ、砂、石灰も買わねばなりませんし、風車の機械のためにまた貯金が必要です。邸宅の灯油やロウソクもいるし、ナポレオン自身のテーブルには砂糖もいるし（これは、太るからという理由で他のブタには禁じられていました）、さらに工具、釘、ひも、石炭、針金、鉄くず、イヌのビスケットといった通常の消耗品もあります。干し草の山とジャガイモ収穫の一部が売却され、卵の契約は週六百個に増やされたので、その年のニワトリたちは、頭数を維持するだけのヒナさえもほとんど孵《かえ》せないありさまでした。十二月に減らされたエサの配給は、二月にまた減らされ、油を節約するため小屋でのランプは禁止されました。でもブタたちはどうもずいぶん快適らしく、むしろ太っているようです。二月の暮れのある午後、動物たちがこれまで嗅いだこともない温かく、豊かで食欲をそそる香りが中庭ごしに漂ってきました。その源は台所の向こうにある小さな醸造小屋で、その小屋はジョーンズの時代には使われていなかったものでした。それが大麦を茹でる香りだという者もおりました。動物たちはその空気を空腹な思いで嗅ぎ、夕食用の温かい粉餌が用意されているのかと思いました。でも温かい粉餌など登場せず、次の日曜日には、あらゆる大麦はブタたち専用になるという発表がありました。果樹園の向こうの畑はすでに大麦がまかれています。そしてやがて、ブタはみんな毎日ビール一パイントを配給されているというニュースが漏れ伝わってきました。ナポレオン自身は半ガロンを飲んでおり、それが常にクラウンダービー食器セットのスープ用鉢で出されるとのことでした。

でも耐えねばならない苦労があったとしても、いまの生活は以前よりも大きな尊厳があるという事実により、その苦労はある程度は相殺されておりました。歌も、演説も、行進ももっと増えました。ナポレオンは、週に一度は自発的デモなるものが開催されるべきだと命じました。その狙いは、動物農場の闘争や勝利を祝うことです。指定された時間に動物たちは仕事を離れ、軍隊式の列を作って農場の周囲を行進いたします。先頭にはブタが立ち、続いてウマ、続いてウシ、続いてヒツジ、それから鳥類です。イヌたちは行列の脇を固めて、全員の先頭にはナポレオンの黒いオンドリが行進します。ボクサーとクローバーは常に、二頭の間に蹄と角をしるした緑の旗を掲げ、そこには「同志ナポレオン万歳！」と書かれていました。その後、ナポレオンの栄誉を讃えて作られた詩の朗読があり、食料生産の最新の増加についての詳細を述べるスクウィーラーの演説もありました。そしてときには銃が発砲されます。ヒツジたちは、自発的デモに最も熱心で、こんなの時間の無駄で、寒い中をやたらに立たされるだけだと文句を言う者がいたら（ブタやイヌがまわりにいないときには、まだ文句を言う動物たちもわずかにおりました）、ヒツジたちはまちがいなく、「四本足はよい、二本足は悪い！」とすさまじい勢いでメエメエわめいてそれを黙らせるのでした。でもおおむね動物たちはこの式典を楽しんでいました。自分たちが真に自分自身の主人であり、やっている仕事も自分自身のためなのだというのを改めて知らされるのは、心安まるものだったのです。だから、歌だの行進だの、スクウィーラーの数字羅列だの、銃の号砲だのオンドリの鳴き声だの旗のはためきだののおかげで、皆は自分たちの腹が空っぽだということを、少なくとも一時的には忘れられるのでした。

四月には、動物農場は共和国だと宣言されました。だから大統領の選出が必要となりました。候補者はナポレオンだけしかおらず、全員一致で選出されました。ちょうどその日、新しい文書が発見されて、スノーボールとジョーンズの共謀についてさらに詳しいことがわかりました。いまやスノーボールは、これまで動物たちが想像していたのとはちがい、単に策謀を通じてウシ小屋の戦いを敗北させようとしていただけでなく、むしろ公然とジョーンズの側について戦っていたようなのです。それどころか、人間軍を率いていたのはまさにスノーボールであり、「人類万歳！」と叫んで戦いに突入したのでした。スノーボールの背中についた傷は、まだ目撃したのを覚えている動物たちもいましたが、実はナポレオンの歯によってつけられたものだったのでした。

夏のさなか、カラスのモーゼスが数年ぶりに、いきなり農場にあらわれました。まったく変わっておらず、何の仕事もせずに、以前とまったく同じ調子で砂糖菓子山について話しています。切り株に止まり、黒い翼をはばたかせ、聞く者がいればだれにでも何時間も語り続けるのです。かれは大きなくちばしで空を指し示し荘重に言います。「あそこに行けばだね、同志諸君——いま見えているあの黒雲のすぐ向こう側だよ——あそこにあるのが砂糖菓子山だ。哀れな動物たちが永遠に労働から解放される幸せな国なんだ！」そして、自分も高く飛んだときには実際にそこに行ったとさえ主張し、果てしないクローバーの草原と、生け垣に生えるリンシードのケーキと角砂糖を見たと言います。動物たちの多くはこれを信じました。自分たちの生活はいまや、空腹で労働ばかりだ。どこかよそにもっとマシな世界があるというのは、正当で公正なことじゃないか、というのがかれらの理屈です。判断をつけにくかったのは、ブタたちがモーゼスに対して示す態度でした。ブタたちは軽蔑したように、モーゼスが語る砂糖菓子山の話なんてウソだと宣言はしていましたが、それでもカラスが農場にとどまるのは容認され、相変わらず働かず、一日百ミリリットルほどのビールを与えられているのです。

蹄が治ると、ボクサーは以前にも増してがんばって働くようになりました。実際、その年に動物たちはみんな奴隷のように働きました。農場のいつもの仕事と風車の再建だけでなく、三月には子ブタたちの学校建設も始まりました。ときには、不十分な食べ物による長時間労働はなかなかつらかったのですが、ボクサーは決してひるみませんでした。その発言からも行動からも、かつての強さが失われている兆候はまったく見られません。少し変わったのは外見だけです。毛皮はかつてほどのつやはなく、尻の巨大な筋肉も少ししぼんだようでした。他のみんなは「ボクサーも春草が出てきたら回復するよ」と言ったものですが、春がきてもボクサーは一向に肥えません。ときには石切場のてっぺんに向かう斜面で、巨大な大石の重みに対してふんばっているときには、続けようという意志力だけで立ち続けているようにさえ見えました。こういうとき、ボクサーの唇は「わしはもっと働く」と言っているかのように動きましたが、もう声が出ません。ここでもクローバーとベンジャミンは、もっと健康に気を使うよう警告したのですが、ボクサーは意に介さないのです。十二歳の誕生日が近づいていました。年金暮らしに入る前に、十分な石の蓄えさえできれば、何が起ころうと気にしなかったのでした。

夏のある晩、農場にいきなり噂が駆け巡りました。ボクサーに何かあったらしいというのです。かれは一人で石の山を風車に引きずって運ぼうとでかけていたのでした。そして確かに噂通りでした。数分後、ハトが二羽、報せを携えてとびこんできました。

「ボクサーが倒れた！　横倒しになって起き上がれないんだ！」

農場の動物たちの半数が、風車の立つ丘に駆け出しました。そこにはボクサーが、荷車の柄の間に横たわり、首をのばしきって頭を上げることさえできずにおりました。目はうつろで、脇腹は汗まみれです。口からは血が一筋流れていました。クローバーはその傍らにひざをついて叫びました。

「ボクサー！　大丈夫？」

ボクサーは弱々しく言いました。「肺がもうだめだ。でもかまわん。わしがいなくても風車は完成させられるだろう。石はもうかなり集めておいた。どうせあと一カ月で引退だったんだ。正直いって、引退は楽しみだったんだ。それにベンジャミンも高齢になってきたから、あいつも同時に引退させてもらえて、わしといっしょに過ごせるかもしれん」

「すぐに助けを。だれか走ってスクウィーラーに状況を説明するのよ」

他の動物たちはすぐに農場邸宅に駆け戻り、スクウィーラーに報せました。残ったのはクローバーとベンジャミンだけでした。ベンジャミンはボクサーの脇に身を横たえ、何も言わず、長い尻尾でハエを追い払い続けたのでした。十五分ほどしてスクウィーラーが、同情と懸念をみなぎらせて登場しました。なんでも、同志ナポレオンはこの農場で最も忠実な労働者に起こったこの不幸を知って、心の底から悲しみに襲われたそうです。そしてすでに、ボクサーをウィリンドン町の病院に送って手当てを受けるよう手はずを整えているとのこと。動物たちはこれを聞いてちょっと不安に思いました。モリーとスノーボール以外、この農場を離れた動物は一匹もおらず、病気の同志が人類の手中に置かれると思うと気に入らなかったのです。でもスクウィーラーは、ウィリンドン町の獣医のほうが、農場でやるよりうまくボクサーの症状を治療できるとみんなをあっさり説得しました。そして半時間ほど後、ボクサーは多少回復すると、よろよろと苦労しつつ立ち上がり、足を引きずって自分の仕切りに戻りました。そこにはクローバーとベンジャミンが、わらの立派な寝床を用意しておいたのでした。

その後二日にわたり、ボクサーは仕切りにとどまりました。ブタたちは、洗面所の薬棚で見つけたピンクの薬の大きな瓶を運んできて、クローバーは一日二度、食後にそれをボクサーに服《の》ませました。晩には、かれの仕切りに横たわって話しかけ、ベンジャミンはハエを追い払い続けました。ボクサーは、起こったことを残念には思っていないと公言しました。うまく回復すれば、あと三年くらいは生きられるかもしれず、大放牧場の片隅で過ごす平和な日々を心待ちにしているのです。学んで頭の改善に費やすだけの余暇を手に入れるのは、それが初めてとなります。なんでも余生は、いろはの残りの文字すべてを学ぶのに捧げるつもりだそうです。

　でもベンジャミンとクローバーがボクサーといっしょにいられるのは仕事の後だけで、かれを連れ去る馬車がやってきたのは真昼のことでした。動物たちは、ブタの監督下でみんな蕪畑の雑草取りをしていました。そのとき、ベンジャミンが農場の建物のほうからギャロップで走ってきて、声高に絶叫していたので、みんな驚愕しました。これまでベンジャミンが興奮したところなんか一度も見たことがありません――それどころか、かれがギャロップするのを見るのも、みんなこれが初めてです。ベンジャミンは叫びました。「急げ、急げ！　すぐにきてくれ！　やつらがボクサーを連れ去ろうとしてる！」ブタからの命令を待つことなく、動物たちは仕事を放り出して農場の建物に駆け戻りました。確かに、中庭にはウマ二頭に引かれた巨大な密閉型の馬車があり、その脇には文字が書かれ、御者台には低い山高帽をかぶった、小ずるそうな男がすわっています。そしてボクサーの仕切りは空っぽでした。

　動物たちは馬車のまわりに寄り集まりました。「さよなら、ボクサー。さようなら！」とみんな斉唱いたします。

「このバカ者ども、バカ者どもめ」とベンジャミンは、みんなのまわりを飛び跳ねて、小さな蹄で地団駄を踏んでいます。「このバカ者ども、あの馬車の横になんと書いてあるか読めないのか？」

これで動物たちは動きを止めて、押し黙りました。ミュリエルは単語を一文字ずつ読み始めました。でもベンジャミンはそれを押しのけ、不気味な沈黙の中でこう読み上げたのです。

「『アルフレッド・シモンズ、馬肉処理およびにかわ製造業、ウィリンドドン町。皮革および骨粉販売。イヌのエサ販売』。どういう意味かわからんのか？　あいつら、ボクサーを解体業者のところに連れて行こうとしてるんだ！」

動物たちみんなが恐怖の叫びをあげました。この瞬間、御者台の男がウマに鞭をあて、馬車は素早いトロットで中庭から外に動き出しました。動物たち全員がその後を追い、声を張り上げて絶叫します。クローバーは無理やり先頭に出ます。馬車は加速し始めました。クローバーは太い足をなんとか動かしてギャロップしようとして、なんとか走り出しました。そして叫びます。「ボクサー！　ボクサー！　ボクサー！」そしてまさにこの瞬間、外の大騒動を聞きつけたかのように、鼻に白い縞の走ったボクサーの顔が、馬車の後ろについた小さな窓からのぞきました。

クローバーはせっぱつまった声で言いました。「ボクサー！　ボクサー！　すぐにそこから逃げなさい！　こいつらあんたを殺しに連れてくのよ！」

動物たちはみんな「逃げて、ボクサー、逃げて！」と叫び出しました。でも馬車はすでに加速してみんなを引き離しつつあります。クローバーの言ったことをボクサーが理解したかどうか、はっきりしませんでした。でも一瞬後、その顔が窓から消え、馬車の内部で蹄を叩きつけるすさまじい音がしました。蹴って外に出ようとしているのです。昔なら、ボクサーの蹄が一蹴り二蹴りもすれば、こんな馬車はこなごなになったことでしょう。でも残念！　もはやかつての強さは失われていました。そして数瞬で、蹄の叩く音は弱くなり、消えてしまいました。必死の思いで動物たちは、馬車を引っ張るウマたち二頭に訴えかけ始めました。みんな叫びます。「同志たち、同志たち！　自分自身の兄弟を死に場所に運んだりしないでくれ！」でも馬鹿な畜生どもは、何が起きているか気がつけないほど無知で、単に耳をうしろに向けて足を速めただけでした。ボクサーの顔は、二度と窓にあらわれませんでした。遅ればせながら、だれかが馬車の前に駆け出して、五本柵の門を閉めようと思いつきましたが、次の瞬間、馬車はすでにその門を抜け、高速で道を下っていくのでした。ボクサーはそれっきり二度と姿を見せませんでした。

三日後、ボクサーがウマに可能なあらゆる治療を尽くした甲斐もなく、ウィリンドンの病院で死んだと発表されました。スクウィーラーがやってきて、その報せをみんなに告げました。自分はボクサーの臨終に立ち会った、と言うのです。

「あれほど心動かされる光景は見たことがなかった！」とスクウィーラーは前足を上げて涙をふきました。「私は臨終にいたるまでそばについていた。そして間際にかれは、弱りきっていてほとんど口がきけなかったのだが、唯一悲しいのは風車が完成するより先に他界することだと私の耳に囁いたのだよ。『同志たちよ前進だ！　反乱の名において前進せよ。動物農場永遠なれ！　同志ナポレオンよ永遠なれ！　ナポレオンは常に正しい』これがボクサーの今際《いまわ》の言葉だったよ、同志諸君」

ここで、スクウィーラーの顔つきがいきなり変わりました。しばらく押し黙り、その小さな目は、話を先に進める前に疑り深い視線を左右に向けました。

ボクサーが移送されるとき、馬鹿げた邪悪な噂が流れたというのを耳にした、とかれは言いました。一部の動物は、ボクサーを運び去った馬車が「馬肉処理」と記されていたのに気がつき、ボクサーが解体業者に送られるのだという結論に本気で飛びついてしまったのです。どんな動物でも、そこまでバカになれるとは、ほとんど信じがたいことだ、とスクウィーラーは言いました。そして尻尾を振り立てつつ左右に飛び跳ねながら、責めるように言います。まったく、親愛なる指導者同志ナポレオンがそんなことをするわけがないことくらい、当然みんなわかっているはずじゃないかね？でもこの話は実に簡単に説明がつく。あの馬車はもともと解体業者のもので、それを獣医が買い取ったのに、まだ昔の表示を消していないだけだったのだ。だからまちがいが生じたのだよ。

動物たちはこれを聞いて、大いに安堵しました。そしてスクウィーラーがさらに、ボクサーの臨終について実に詳細な描写を行い、かれが受けたすばらしい治療、ナポレオンが費用など度外視して支払った高価な薬について説明すると、みんなの疑念は跡形もなく消え、同志の死についての悲しみは、少なくともかれが幸せに死んだと思うことで、多少は軽減されたのでした。

次の日曜の朝、ナポレオンは自ら会合に姿をあらわして、ボクサーの名誉を讃える短い弔辞を述べました。哀悼される同志の遺骸を農場での埋葬のために取り戻すのは不可能だったけれど、農場の庭園の月桂樹で大きな輪を作り、ボクサーの墓に供えるよう命じたそうです。そして数日以内に、ブタたちはボクサーの栄誉を称える記念宴会を開くつもりだと述べました。ナポレオンは演説の終わりに、ボクサーお気に入りの格言二つを挙げました。「わしがもっと働く」と「同志ナポレオンは常に正しい」です。これらの格言は、あらゆる動物が己のものとすべきだ、とナポレオンは述べました。

宴会に指定された日に、ウィリンドン町から雑貨屋の幌付き荷馬車が乗りつけて、農場邸宅に大きな木箱を配達しました。その夜、高歌放吟の声が聞こえ、続いて大げんからしきものが聞こえ、最後に十一時頃になってガラスが派手に割れる音がしました。翌日には、農場邸宅では昼頃までだれも身じろぎすらしませんでした。そしてブタたちがどこからともなく、新たにウィスキーを箱買いするだけのお金を調達してきたという話が出回ったのでした。

第10章

年月が過ぎました。季節が来ては去りまして、短い動物たちの生涯も飛ぶように過ぎていきます。反乱以前の昔の日々を覚えている動物が、クローバー、ベンジャミン、カラスのモーゼス、数匹のブタたちしかいなくなった時代がやってきました。ミュリエルは死にました。ブルーベル、ジェシー、ピンチャーも死にました。ジョーンズもまた死にました――地域の別のところにあるアル中施設で死んだのです。スノーボールは忘れ去られました。ボクサーもまた、少数の知己以外には忘れ去られていました。クローバーは老いた太ったメスウマで、関節が硬直し、すぐに涙ぐむきらいがありました。引退年齢を二年過ぎていましたが、実際には引退した動物はいません。放牧地の一角を、引退した動物たちのためにとっておくという話は、とっくになくなっておりました。ナポレオンはいまや体重百五十キロの成熟したオスブタです。スクウィーラーは太りすぎて、目を開けて外を見るのにも苦労するほどです。昔とほぼ変わらないのは老ベンジャミンだけで、ただ鼻のまわりが前より灰色になり、ボクサーの死以来ますます気むずかしく寡黙になっておりました。

いまや農場の動物はずっと多くなっていましたが、その増え方はかつて期待されたほどではありません。生まれた多くの動物たちにとって、反乱は漠然とした伝説にすぎず、口承で伝えられているだけで、また買い入れられた動物たちは、到着以前はそんなもののことは聞いたこともありませんでした。いまや農場には、クローバー以外にウマ三頭がいます。立派なたくましい獣で、やる気のある労働者でよい同志でもありましたが、ずいぶんバカでした。一頭たりとも、いろはのろの字までしか覚えられません。反乱と動物主義の原理については、言われたことをすべて受け入れました。特にクローバーに対しては、ほとんど母親のような畏敬の念を抱いており、彼女が言えば絶対でしたが、それをどこまで理解できたかは、ずいぶん怪しいものでした。

いまや農場はもっと栄え、前より運営もしっかりしてきました。ピルキントンさんから畑を二面買って拡張さえしています。風車はついに見事完成し、農場は脱穀機と干し草エレベーターを自前で所有し、数々の新しい建物も追加されました。ウィンパーは自分用に二輪馬車を買いました。でも風車は結局、発電には使われませんでした。穀物の製粉に使われ、それが多額の金銭利潤をもたらしました。動物たちは、風車をさらに一基作るためにがんばって働いています。それができたら、発電機をつけると言われていました。でもスノーボールがかつて動物たちに夢見るように告げた豪華なもの、電灯つきの小屋やお湯と冷水、週三日労働の話はもう出ませんでした。ナポレオンは、そんな発想は動物主義の精神に反すると糾弾したのです。最も正真な幸せは、一生懸命働いて慎ましく生きることにあるのだ、とかれは言いました。

どうも農場は豊かになったのに、当の動物たちは一向に豊かにならないようなのです――ただしもちろん、ブタやイヌたちは別です。ひょっとするとこれは、ブタやイヌが実にたくさんいたせいかもしれません。別にこうした動物が、かれらなりのやり方で働かなかったというわけではありません。スクウィーラーが飽きもせずに説明し続けた通り、農場の監督と運営には山ほどの仕事があるのです。こうした仕事の大半は、他の動物が無知すぎて理解できないような代物でした。たとえばスクウィーラーの話だと、ブタたちは毎日すさまじい労力をかけて、「ファイル」とか「報告」とか「議事録」とか「覚書」とか呼ばれる謎めいたものを作らねばならないのです。これは大きな紙切れで、それを文字でびっしり埋め尽くさねばならず、その埋め尽くしが終わるがはやいか、暖炉で燃やされるのです。スクウィーラーによれば、これは農場の厚生にとってきわめて重要なのでした。それでも、ブタもイヌも自分の労働では何も食料を生産しないし、その数はとても多く、みんないつも食欲旺盛なのです。

他の動物はといえば、その生活はかれらの知る限り、昔からずっとそのままでした。おおむねお腹を空かせ、わらの上で眠り、池の水を飲み、畑で働き、冬には寒さに苦しみ、夏にはハエに苦しみました。ときには中でも高齢の動物たちがおぼろな記憶を振り絞って、反乱直後の日々、ジョーンズ追放直後の生活が、いまよりよかったか悪かったか判断をつけようとしました。でも思い出せません。現在の暮らしと比べられるものがないのです。参照できるのはスクウィーラーの数字の一覧だけで、それはいつも必ず、すべてはどんどん改善していると実証しているのでした。動物たちは、この問題を解決できずにいました。いずれにしても、いまやそんなことをあれこれ考える暇などほとんどありません。長い生涯をこと細かに記憶していると主張するのは老ベンジャミンだけでした。かれは、物事は昔もこれからも、大して改善もしなければ悪くもならないに決まっていると言います——空腹、労苦、幻滅こそは、生の不変の法則なのだよと言うのです。

それでも動物たちは決して希望を捨てませんでした。さらに、動物農場の一員である栄誉と特権の感覚を一瞬たりとも失うことはありませんでした。いまだにここは、この地方で——いやイギリス全体ですら！——動物が所有し運営する唯一の農場なのです。一匹たりとも、最も若い動物も、何十キロも離れた農場から連れられてきた新参者たちですら、この点については賞賛を絶やしませんでした。そして銃の号砲を聞き、旗竿ではためく緑旗を見ると、動物たちの心は不滅のプライドで満ちあふれ、みんなの会話は常に古い英雄的な日々、ジョーンズの追放、七戒の起草、人間侵略者たちが撃破された偉大な戦いへと向かうのでした。古き夢は何一つ放棄されてはおりません。メイジャーが予言した動物たちの共和国、イギリスの緑の畑を人間の足が踏み荒らすことのない国は、まだ信じられておりました。いつの日か、それはやってくる。すぐにではないかもしれない。いま生きる動物たちの生涯のうちには実現しないかもしれない。それでも、それはやってくるのです。「イギリスの獣たち」の曲ですら、あちこちでこっそりとハミングされていたかもしれません。いずれにしても、実際問題として農場のすべての動物はその歌を知っていました。それをあえて声に出して歌おうとする者はだれもいなかったのですが。暮らしは厳しく、希望がすべて満たされたわけではないかもしれない。でもみんな、自分たちが他の動物とはちがうということを自覚しておりました。空腹だとしても、それは圧制的な人類を食わせているからではありません。労働がつらくても、少なくとも自分のための労働ではあるのです。動物たちの中で、二本足で立って歩く者はおりません。他の生物を「ご主人様」と呼ぶ生き物もおりません。すべての動物は平等でした。

ある初夏の日、スクウィーラーはヒツジについてくるよう命じ、農場の反対側の端にある荒れ地へと導きました。そこにはカンバの木の若木が生い茂っております。ヒツジたちは丸一日かけて、スクウィーラーの監督に従いその葉を食べて過ごしました。晩になると当のスクウィーラーは農場邸宅に戻りましたが、天候も暖かかったので、ヒツジたちにはそこに残るように命じました。そしてヒツジたちは丸一週間そこにとどまり続け、その間他の動物たちはヒツジをまったく見ることがありませんでした。スクウィーラーは、その間ほとんどずっといっしょでした。なんでも新しい歌を教えているので、そのためにプライバシーが必要なのだとか。

ある心地よい晩のこと、ヒツジたちが戻ってきた直後、動物たちが仕事を終えて農場の建物に戻ろうとしていると、中庭からウマの恐れおののくいななきが響いてきました。動物たちはみんなビクッとして、その場で立ち止まります。それはクローバーの声でした。再び彼女がいななくので、動物たちはみんな駆け足になって、中庭になだれこみました。そしてクローバーが見たものを、他の動物たちも目にしたのでした。

それは後足で立って歩いているブタでした。

そう、スクウィーラーです。ちょっとあぶなっかしげに、まだそのかなりの巨体をその姿勢で支えるのに十分慣れていないかのように、でも完全にバランスを保って、かれは中庭を横切って歩いていました。そして一瞬後、農場邸宅の戸口から、ブタたちの長い行列が出てきて、みんな後足で立って歩いています。上手い下手はありましたし、いささか不安定で、杖で身体を支えたほうがよさそうな者も数匹おりましたが、それでも一匹残らず中庭をうまくぐるっと回ってみせました。そして最後に、すさまじいイヌのうなり声と、黒いオンドリからの甲高い鳴き声が聞こえて、ナポレオン自らが姿をあらわしました。堂々と身体を起こし、左右に傲慢な視線を投げかけ、イヌたちがそのまわりを飛び跳ねております。

前足には鞭を持っていました。

死んだような沈黙が漂いました。驚愕し、恐れおののき、身を寄せ合い、動物たちはブタたちの長い行列がゆっくりと中庭を行進するのを見つめました。まるで世界が逆立ちしたかのようです。そして、最初の衝撃がおさまり、あらゆるものを抑えて——イヌの怖さも、長年通じて培われた、何が起ころうとも決して文句を言わず、決して批判しないという習慣も抑えて——何か抗議のせりふを口に出しそうな瞬間がやってきました。でもまさにその瞬間、まるで合図でもあったかのように、あらゆるヒツジたちが大音量でメエメエと叫び始めたのです——「四本足はよい、二本足はもっ、と、よい！　四本足はよい、二本足はもっ、と、よい！　四本足はよい、二本足はもっ、と、よい！」

これが止むことなく五分間続きました。そしてヒツジたちが静かになった頃には、何か抗議を口にする機会は永遠に失われてしまいました。ブタたちが行進して農場邸宅に戻ってしまったからです。

ベンジャミンは、肩口をだれかの鼻面が押すのを感じました。振り向くと、それはクローバーでした。その老いた目はかつてないほど輝きを失っていました。何も言わずに彼女はそのたてがみを引っ張って、七戒の書かれた大納屋の端にやってきました。

一、二分ほど、両者は立ったまま、白い文字の書かれたボロボロの壁を眺めていました。やっとクローバーが口を開きました。

「もう目がほとんど見えないの。若い頃ですら、何が書いてあるか読めたわけじゃない。でもどうも、あの壁が前とちがうように見えるのよ。ベンジャミン、七戒は昔と同じかしら？」

今回だけは、ベンジャミンは自分のルールを破り、壁に書かれたものを読み上げてやりました。いまやそこには、戒律が一つ書かれているだけで、他に何もありませんでした。その戒律はこうです。

すべての動物は平等である。
だが一部の動物は他よりもっと平等である。

もうその後は、翌日になって農場の作業を監督するブタたちがみんな前足に鞭を持っていても、不思議とは思えませんでした。ブタたちが無線機を買い、電話をひく手配をして、『ジョン・ブル』『ティットビッツ』『デイリー・ミラー』の購読を始めたと知っても変だとは思えませんでした。ナポレオンがパイプをくわえて農場邸宅の庭を散策していても変だとは思えません——いやいや、ブタたちがジョーンズさんの服を衣装だんすから取り出して着用し、ナポレオン自ら黒い上着に狩猟服の半ズボンと革のゲートル姿で登場して、そのお気に入りのメスブタが、ジョーンズ夫人が日曜日に着ていた波紋柄の絹のドレス姿であらわれても、まったく変だとは思えませんでした。

一週間後のある午後、農場に二輪馬車がたくさん乗りつけました。近所の農民たちの使節団が、視察ツアーに招かれたのです。一同は農場全体を案内され、目にしたもののすべてに大いに感心しました。特に風車には感じ入っております。動物たちは蕪畑の雑草取りをしていました。勤勉に働き、顔をほとんど地面から上げることもなく、ブタと人間の訪問者のどちらに怯えるべきかもわからずにおりました。

その晩、農場邸宅からは大きな笑い声と、突発的な歌声が聞こえてきました。そして突然、この入り乱れた声を聞いて、動物たちは好奇心で矢も盾もたまらなくなりました。いまや動物と人間とが初めて平等な立場で会合をしているなら、そこで一体何が起きているのでしょうか？　みんな一丸となって、動物たちはできるだけ静かに農場邸宅の庭に忍び込み始めました。

門のところで立ち止まり、怯えて先に進むのをためらいましたが、クローバーが先頭に立って入っていきます。みんなつま先立って家に忍び寄り、背丈のある動物たちは、居間の窓からのぞきこみました。そこでは長いテーブルを囲んで、農夫六人と、有力なブタ六匹とがすわっておりました。ナポレオン自身は、テーブルの奥の栄誉席にすわっております。ブタたちは、何の苦労もなく椅子にすわっているようです。一同はトランプをしていたのですが、一時的にそれを中断し、どうやら乾杯をするようです。大きなピッチャーがまわされ、ジョッキにお代わりのビールが注がれます。驚愕して窓からのぞきこむ動物たちの顔に気がついた者はだれもおりませんでした。フォックスウッド農場のピルキントンさんが、ジョッキを片手に立ち上がりました。間もなく、ここにおいでのみなさんに乾杯をお願いする、でもその前に、自分が言っておかねばならないと感じている発言をいくつかさせていただきたい、と言います。

自分にとっても——そしてここにいる全員にとってもまちがいなくそうだと思うが——長い不信と誤解の時代がやっと終わったことは、大いに満足である、とかれは述べました。一時は——自分自身や、ここにいるみなさんのだれもがそんなことを思っていたわけではないが——一時は動物農場の立派な経営者たちが、人間のご近所たちから、敵意をもってとは言わないが、言うなればいささか煙たい目で見られていたものだ。残念な出来事も起こり、まちがった考え方が生まれたこともあった。ブタが所有し運営する農場の存在が、何やら異常であり、ご近所に不穏な影響を与えかねないと思われていた。あまりに多くの農民は、適切な検討を加えることもなしに、そんな農場には放縦《ほうしょう》と無秩序の精神がはびこるにちがいないと思い込んでいた。そして自分たちの動物や、果ては人間の従業員たちに与える影響について不安をおぼえていた。でもそうした疑念はすべて消え去った。今日、自分とその友人たちは動物農場を訪問し、そのあらゆる場所を自分の目で検分したが、何が見つかっただろうか？　最新の手法が使われているばかりか、あらゆる場所の農民のお手本となるべき規律と秩序がそこにはあった。動物農場の低位の動物たちは、まちがいなく地域の他の動物たちよりずっとたくさん働き、しかも食べ物は少なくてすんでいる。実際、自分もいっしょに訪問した仲間たちも、すぐに自分たちの農場でも導入したい多くの特徴を目にしたのだ、とかれは言いました。

話を終えるにあたり、もう一度動物農場とそのご近所との間に続いてきた、そしてこれからも続くはずの友情を強調したい、とかれは言います。ブタと人類との間には、まったくなんの利害衝突もなかったし、またそんなものがある必要もない。両者の苦闘も悩みも同じだ。労働問題なんて、どこでも同じではないか？　ここでピルキントンさんが一同に対し、事前に念入りに用意したジョークを語ろうとしているのは明らかでしたが、でもしばらくかれは吹き出しそうになって、それを言えずにおりました。やたらに咳き込んで、何重にもなったあごが紫になってからやっと、かれはそれを口に出せたのでした。「みなさんも、下位の動物たちを相手に辛抱しなけりゃいかんでしょうが、こちらにもこちらなりの下層階級がおりますからな！」この気の利いたせりふで、テーブルは爆笑に包まれました。そしてピルキントンさんはもう一度、動物農場で見られた少ない配給と長時間労働と、動物たちが全般に甘やかされずにいることについてブタたちをほめそやしました。

最後にかれは言いました。さあみなさん、立ち上がってグラスを確実にいっぱいにしてくださいよ。そしてピルキントンさんは締めくくりました。「紳士諸君、乾杯の音頭を取らせていただこう。動物農場の繁栄に乾杯！」

熱烈な喝采と足を踏みならす音がしました。ナポレオンは大満足で、自分の席を立ってテーブルをぐるっとまわり、自分のジョッキをピルキントンさんと打ち合わせてから飲み干したほどです。喝采が静まると、立ったままのナポレオンは、自分もまた少し言いたいことがあると打ち明けました。

ナポレオンの演説はどれもそうですが、これも短く要点だけに絞ったものでした。自分もまた、誤解の時代が終わったことを喜ばしく思う、とかれは言います。長きにわたり、自分自身やその同輩たちの様相になにやら破壊的で、革命的とさえいえるものがあるという噂があった——それを流したのは、どうやら何か悪意ある敵らしいという証拠もつかんでいる。そして近所の農場に対し、動物たちに反乱をそそのかしているのが我々だとも言われてきた。だがこれは事実とかけはなれている！　自分たちの唯一の願いは、今も昔も、ご近所と平和に、通常のビジネス関係の下で暮らすことなのだ。自分が光栄にも運営しているこの農場は協同組合的な事業体である。自分が持っている不動産の権利書は、ブタたちの共同所有となっている。

かつての疑念がいささかも残っているとは思わないが、最近農場の運営に多少の変化を加えたので、安心感はさらに高められるはずだ、とかれは言います。これまで、農場の動物たちはお互いを「同志」と呼び合う、いささか馬鹿げた風習を持っていた。

これはやめさせる。またどういう理由で始まったのかはわからないのだが、日曜ごとに庭の切り株に釘付けされた、オスブタの頭蓋骨の前を行進するという、実に得体の知れない風習もあった。これもまたやめさせるし、その頭蓋骨はすでに埋葬された。また訪れたみなさんは、旗竿に掲げられた緑の旗をご覧になったかもしれない。その際に、かつてそこについていた白い蹄と角の絵がいまや消されているのに気がついた方もいるだろう。今後、旗は単なる緑の旗になる。

自分としては、ピルキントンさんの隣人らしい見事な演説に対し、一点だけ文句をつけたい、とナポレオンは言いました。ピルキントンさんは、演説の中で一貫して「動物農場」という呼び名を使っていた。もちろんかれは知るよしもないことだが——というのも、このナポレオンがここで初めてこれを発表するからなのだが——「動物農場」という名前は廃止された。今後この農場は「メイナー農場」と呼ばれる——それがここの、正しい本来の名前であるはずだからだ。

ナポレオンは締めくくりました。「紳士諸君、さっきと同じ乾杯をしたいが、ちょっと表現を変えたい。みなさん、グラスを縁まで満たしてくれたまえ。これが私の乾杯の音頭だ。メイナー農場の繁栄に乾杯！」

さっきと同じように盛大な歓声があがり、ジョッキは一気に飲み干されました。でも外の動物たちがその光景を見つめるうちに、何か不思議なことが起こっているようなのでした。ブタたちの顔が何やら変わってきたのはどうしたことでしょうか？　クローバーの老いて濁った目が、顔から顔へと視線を移します。五重あごの者もいれば、四重あごも、三重あごもおりました。でも何やら溶けて変化しているように見えるのは何なのでしょうか？　それから、拍手が止んで、一同はトランプを手に取り、さっき中断された勝負を再開して、動物たちはこっそりとその場を離れました。

でも二十メートルも進まないうちに、足が止まりました。農場邸宅から怒号が響いてきたのです。動物たちは駆け戻って、また窓からのぞきこみました。そう、すさまじい口論が進行中でした。怒鳴り声があり、テーブルが叩かれ、鋭い疑念に満ちた視線が交わされ、猛然とした否定の声が飛び交います。問題の発端は、どうもナポレオンとピルキントンさんがどちらも同時にスペードのエースを出した、ということのようでした。

十二の声が怒号をあげ、そのどれもそっくりでした。いまやブタたちの顔がどうなったか、疑問の余地はありません。外にいる生き物たちはブタから人間へ、人間からブタへ、そしてまたブタから人間へと目を移しました。でもすでに、いまやどっちがどっちかを見分けるのは不可能なのでした。

一九四三年十一月―一九四四年二月

おしまい

報道の自由：『動物農場』序文案

本書は、少なくとも中心的なアイデアについては、一九三七年に思いついたけれど、実際にそれを書き留めたのは一九四三年末になってからだった。それが書きものになった時点ですでに、これを出版してもらうのにえらく苦労するのは明らかだった（現在のように本が不足していて、本と名のつくものはすべて「売れる」時代であっても）。結局これは、出版社四社に断られることとなる。そのうち、イデオロギー的な動機があったのは一社だけだ。二社は反ロシア的な本を何年も刊行していたし、もう一社は目に見える政治色はまったくなかった。ある出版社は、実際に本書を受け入れようとしたのだけれど、最初の取り決めをしてから情報省に相談してみたら出版をやめるよう警告されたか、少なくともやめるよう強く忠告されたらしい。かれの手紙の抜粋をここに示そう。

『動物農場』をめぐり高官から私が受けた反応については述べました。告白せねばなりませんが、この意見の表明で私は深く考え込んでしまいました……これが、現時点での刊行がきわめてよろしくないものと受け取られかねないようなのです。もしこのおとぎ話が、独裁者全般や独裁制一般を対象にしているのであれば、刊行しても大丈夫ですが、このおとぎ話はまちがいなく、私見ながら実に忠実にロシアソヴィエトとその独裁者二人の歩みをたどるものとなっているので、ロシアのことを描いているとしか思えず、他の独裁国家はまったく対象になっていないといえるほどです。もう一点あります。このおとぎ話での主要な階級がブタでなければ、これほど不適切とはならなかったでしょう。* 支配階級としてブタを選んだことは、まちがいなく多くの人々の不興を買うでしょう。特にいささか神経質な人々はそうですし、ロシア人はまちがいなく神経質です。

* こうした改変示唆が匿名氏自身のものなのか、それとも情報省から出たのかははっきりしない。でもどうもこれはお役所的な雰囲気が漂っている。（オーウェルの註）

この種のできごとはあまりよい症状とはいえない。明らかに、政府が公式に資金を出したわけでもない本に対し、政府の部局が多少なりとも検閲の力を持つのは望ましいことではない（ただし安全保障に関わる検閲は別で、これは戦時中にならだれも反対しない）。でも現時点での思想の自由や言論の自由に対する主要な危険は、情報省などの各種公的機関による直接の介入ではない。出版社や編集者たちが自らある種の話題を出版されないようにするのは、刑事処罰が怖いからではなく、世論が怖いからだ。この国では、物書きやジャーナリストが直面する最悪の敵は、知的な臆病さであり、私に言わせればこの事実は正当な議論を受けていないように思う。

ジャーナリズムの体験を持つ公正な人間であればだれでも、この戦争期間中、公式な検閲はそれほど面倒なものではなかったと認めることだろう。私たちは、十分に覚悟もしていたほどの全体主義的な「協調」にさらされたりはしなかった。報道が確かに十分文句を言ってよい部分もあったけれど、全体として政府はまともにふるまい、少数派意見に対して驚くほど寛容だった。イギリスにおける著作の検閲に関する不気味な事実とは、それがおおむね自発的に行われているということだ。

不人気な考えを黙らせ、不都合な事実を隠しておくのに、公的な禁止などは必要ないのだ。外国で長く暮らした人なら、衝撃的なニュースが——それ自体の価値からすれば大きな見出しで報じられるべきニュースが——イギリスのメディアからはあっさり排除されている例に思い当たるだろう。それは政府が介入したせいではなく、その特定事実に言及するのが「望ましくない」という一般的な暗黙の合意があるからだ。日刊紙に関する限り、これは理解しやすい。イギリスのマスコミはきわめて中央集権化されていて、そのほとんどは金持ちたちが所有しており、かれらは、一部の重要な話題については不正直になる理由をいくらでも持ち合わせているのだから。でも同じ種類の隠れた検閲は、書籍や雑誌や、演劇、映画、ラジオでも作用している。その時に正統な見方、つまりあらゆる正しい考えの持ち主が何の疑問もなく受け入れると想定されている考え方の集まりがいつの時点も存在する。あれやこれや、別のことを言うのがはっきり禁止されるわけではないけれど、でもそれを言うのは「不適切」なのだ。ちょうどビクトリア時代中期にはご婦人の前でズボンの話をするのが「不適切」だったように。主流の正統な考え方に刃向かう人間はすべて、驚くほど効果的に黙らされてしまうことになる。明らかに時流からはずれた意見はほとんどまともに聞いてもらえない。それは一般報道でもそうだし、高踏的な雑誌でも同じことだ。

いま現在、主流となっている正統な見方で求められているのは、ソ連の無批判な賞賛だ。これはだれでも知っていて、ほとんどだれでもこれに従っている。ソ連体制に対するまじめな批判、ソ連政府が隠しておきたい事実の公開はすべて、ほとんど印刷不能だ。そしてこの同盟国をほめそやそうという全国的な陰謀が行われているのは、不思議なことに、まともな知的寛容性の背景の中でのことなのだ。というのも、ソ連政府の批判は許されないのに、少なくとも自分自身の政府を批判するのはそこそこ自由なのだから。スターリンに対する攻撃を印刷してくれる人はほとんどいないのに、チャーチルへの攻撃は、少なくとも本や雑誌ではまったく安全だ。そして五年にわたる戦争の中で、二、三年間はイギリスは国の存亡をかけて戦っていたのに、妥協による和平を主張する本やパンフレットや記事は無数に刊行され、まったく妨害を受けていない。それどころか、刊行されても大して不満が引き起こされることもなかった。ソ連の威信に関わらない限り、言論の自由の原則はそこそこきちんと保持されてきた。他にも禁断の話題はあるし、その一部についてはこれから述べるけれど、ソ連に対する目下主流の態度こそは、群を抜いて最も深刻な症状だ。それは、いわば自発的なものだし、いかなる圧力団体の行動によるものでもない。

イギリス知識人の相当部分が一九四一年以来ロシアのプロパガンダを鵜呑みにして広めてまわった奴隷根性は実に驚くべきものだと言いたいところだが、実は以前にも何度か似たような振る舞いを見せている。大きな論争を呼んだ各種の問題で次々と、ロシアの視点は検討なしに受け入れられ、歴史的な真実や知的誠実さなどまったく無視して広められてきた。一つだけ例を挙げると、BBCは赤軍二十五周年を祝うときトロツキーにまったく触れなかった。これはトラファルガー海戦の記念番組でネルソン提督に触れないのと同じくらい不正確なことだが、イギリスの知識人からは何の抗議も出なかった。各種占領国での国内紛争では、イギリスのマスコミはほとんど常にロシアの好む側をひいきにして、それに敵対する勢力は糾弾し、そのためには物的な証拠を隠すことさえあった。特に露骨な事例は、ユーゴスラビアのチェトニック指導者ミハイロビッチ大佐の例だ。ロシア人たちは、ユーゴスラビアに自らの傀儡《かいらい》であるチトー将軍がいたので、ミハイロビッチがドイツと協力したと糾弾した。イギリスのマスコミはすぐにこの糾弾を記事にした。ミハイロビッチ支持者たちはそれに反論する機会をまったく与えられず、またこの糾弾と矛盾するような事実はあっさり印刷されなかった。一九四三年七月にドイツはチトーの捕獲に十万金貨（訳注：金で十万ライヒスマルクのことと思われる）の賞金をかけ、ミハイロビッチ捕獲に対しても似たような賞金をかけていた。イギリスのマスコミはチトーに対する賞金には「大騒ぎ」したのに、ミハイロビッチに対する賞金に言及したのは（しかも小さい字で）一紙だけだった。そして、ドイツとの共謀という糾弾は続いた。スペイン内戦のときもきわめて似たようなことが起きた。そのときにも、共和国派の中でロシア人たちが絶対に潰そうとしていた派閥はイギリス左翼マスコミに無慈悲に罵倒され、かれらを擁護する発言はすべて、投書の形ですら発表を拒絶された。現在でも、ソ連の真面目な批判は非難の対象だというだけでなく、そんな批判の存在すら場合によっては秘密にされている。たとえばトロツキーは死の直前に、スターリンの伝記を書いた。それが不偏不党の本とはいえないのは予想がつくが、明らかに売れる本だ。アメリカの出版社がその刊行を手配し、本は印刷された——確か書評用の本は発送された。でもそのときソ連が参戦した。本はすぐに回収された。これについては、イギリスのマスコミでは一言も言及されていない。でもそういう本が存在し、それが弾圧されたというのは、少なくとも数段落分の記事には値するニュースだろう。

イギリスの文芸インテリが自発的に自分に課しているような検閲と、圧力団体がときどき押しつける検閲とを区別するのは重要だ。悪名高いことだけれど、一部の話題は「既得権益者」のせいで扱えない。いちばん有名なのは特許薬をめぐる陰謀だ。また、カトリック教会はマスコミに大きな影響力を持ち、教会に対する批判をある程度黙らせられる。カトリック司祭のからむスキャンダルはほとんど公になることがないのに、英国国教会牧師が問題を起こすと(たとえばスティフキーの教区牧師)一面の見出しを飾る。反カトリック的な傾向のあるものが少しでも舞台や映画に登場するのはきわめてまれだ。役者にきけばだれでも教えてくれるように、カトリック教会を攻撃したりからかったりする演劇や映画は、マスコミではボイコットされ、おそらくは失敗するだろう。でもこの種の話は無害か、少なくとも理解可能だ。大きな組織はどれも自分の利益をなるべく守ろうとするし、公然としたプロパガンダは別に反対すべきものではない。『デイリーワーカー』紙がソ連についての不都合な事実を広めたりしないように、『カトリックヘラルド』紙もローマ法王を糾弾したりはしないだろう。でもそれは、頭のある人ならみんな、『デイリーワーカー』や『カトリックヘラルド』の正体を知っているからだ。穏やかならないのは、ソ連とその政策となると、別に自分たちの意見を偽れという直接の圧力をまったく受けていないリベラル派の作家やジャーナリストからは、知的な批判はおろか、多くの場合には単なる正直ささえも期待できないということなのだ。スターリンは神聖不可侵で、その政策の多くの側面は真面目に議論してはいけないことになっている。このルールは一九四一年以来ほとんど普遍的に遵守されてきたけれど、でもその十年前から、時に認識されているよりも広い形で運用されてきた。その期間ずっと、左翼からのソヴィエト政権批判はかなり苦労しないと聞いてもらえなかった。反ロシア文献は大量に登場したけれど、そのほとんどは保守派の視点からのもので、露骨に不正直だったり、古びていたり、卑しい動機に動かされたものだったりした。その反対側には同じくらい巨大で、同じくらい不正直な親ロシアプロパガンダの奔流があり、とても重要な問題を大人らしく議論しようとする人物すべてをボイコットするに等しい動きがあった。確かに反ロシア的な本を出版はできるけれど、それをやったら確実に、高踏出版界すべてから無視されるか、歪曲された扱いを受けるということだ。公的にも私的にも、それが「不適切」だと警告されることになる。主張は確かに事実かもしれないけれど「時節をわきまえず」あれやこれやの反動的利益に利するだけ、というわけだ。この態度は通常、国際情勢と英露同盟の火急の必要性のために求められたものだからという理由で擁護される。でもこれがあとづけの理屈でしかないのは明らかだった。イギリスの知識人、少なくともその大半は、ソ連に対するナショナリズム的な忠誠心を発達させて、スターリンの叡智をいささかでも疑問視するのが一種の冒瀆だと内心で感じていたのだ。ロシアでの出来事と、その他の場所での出来事は、別の基準で判断されるべきだということになる。一九三六年から三八年の粛清における果てしない処刑について、生涯にわたる死刑反対論者たちが絶賛したし、インドでの飢餓は公表しても、それがウクライナで起きたら隠すのが同じく適切なことだと考えられた。そして戦前にそうだったとすれば、現在の知的雰囲気だってまちがいなくちっとも改善していない。

が、拙著に話を戻そう。ほとんどのイギリスの知識人が本書に対して示す反応はごく単純なものになるだろう。「出版されるべきではなかった」というものだ。侮辱のやり方を心得た書評家たちは、それを政治的な理由ではなく文芸的な理由で攻撃するはずだ。これが退屈でばかげた本であり、不面目な紙の無駄だと言うだろう。これはその通りかもしれないけれど、でも明らかにそれがすべてではない。「この本は出版されるべきではなかった」などというのは、単にできの悪い本については言われたりしない。なんといっても、ゴミクズが毎日のように山ほど印刷されているのに、だれもそれを気にとめないのだから。イギリスの知識人たち、あるいはその大半は、本書が自分の指導者を中傷し、（かれら的には）進歩の大義にとって有害だといって反発するだろう。もし本書に正反対のことが書かれていたら、かれらは文芸的な欠点がいまの十倍もひどかったとしても、まったく批判しないだろう。たとえばレフトブッククラブが四、五年にわたり成功しているという事実は、自分の聞きたいことが書かれている限り、事実の検討も、ろくでもない文章も、知識人たちは喜んで見過ごすということを赤裸々に示している。

ここで問題になっているのは実に単純なことだ。あらゆる意見は、いかに不人気なものであれ——いやいかにばかげたものであれ——人に聞かれる権利を持つだろうか？ こういう形で尋ねたら、あらゆるイギリス知識人は「イエス」と言うべきだと感じるだろう。でも具体的な形を与えて「スターリンへの攻撃はどうだろう？ これも聞かれてしかるべきだろうか？」と言うと、その答えは「ノー」となることが実に多い。この場合、目下の正統教義が疑問に付されることになり、したがって言論の自由の原則が道を譲るわけだ。さて、言論や報道の自由を求めるときには、だれだって絶対的な自由を要求はしていない。組織化された社会が耐えられる程度の、ある程度の検閲は常に必要、というか少なくとも実施はされる。でも自由とは、ローザ・ルクセンブルクが述べたように「他の人の自由」なのだ。同じ原理が、ヴォルテールの有名な言葉にも含まれている。「私はきみの言っていることが大嫌いだ。でもきみがそれを言う権利は命にかけて守ろう」。知的自由は、まちがいなく西洋文明を傑出したものとしている条件の一つだ。それににいささかでも意味があるとすれば、それは万人が真実だと思うことを発言し、印刷する権利を持つということなのだ、唯一の制約はそれが社会の他の人々に対して何かまちがえようのない形で害を及ぼしたりしないということだけだ。資本主義の民主主義も西欧版社会主義も、最近までこの原理を当然のことと思ってきた。すでに述べたように、私たちの政府ですら、いまだにそれを尊重しているふりくらいはする。市井の一般人は——ひょっとすると不寛容になるほど思想なんかに関心を持っていないせいもあるのだろうけれど——いまだに漠然と「たぶんだれでも自分なりの意見をもつ権利はあるはずだよな」と思っている。この原理を理論面でも実践面でも嫌悪しはじめているのは、文芸および科学の知識人だけ、あるいは少なくとも主にこうした人々だけだ。そしてかれらこそは、本来は自由の守護者であるべきなのに。

現代の奇妙な現象の一つは、リベラルの変節だ。「ブルジョワの自由」など幻想だというおなじみのマルクス主義的主張をはるかに超えて、いまや民主主義を守るには全体主義的な手法しかないという主張が大きく広まっている。この議論だと、民主主義を愛するのであれば、その敵は手段を問わずに押しつぶさねばならないということになる。そして、その敵というのはだれだろう？　それはいつも、公然と意図的に民主主義を攻撃する人々にとどまらず、まちがった考え方を広めることで「客観的に」それを危機にさらしている人々も含んでいるらしい。言い換えると、民主主義を守るというのは、思想の独立性をすべて破壊するということになってしまう。この議論は、たとえばロシアの粛清を正当化するのに使われた。最も熱烈なロシア愛好者ですら、あの被害者全員が、糾弾されていた内容すべてについて有罪だったなどとは思っていないはずだ。でも異端の見解を持つことでかれらは「客観的に」政権に害をなしたのであり、だからそいつらを虐殺するだけでなく、偽の罪状をなすりつけてそいつらを貶めることも、まったく正しいというわけだ。同じ議論が、スペイン内戦でトロツキストをはじめとする共和国派の少数派閥について、左翼メディアで行われたきわめて意図的なウソを正当化するにも使われた。そしてそれは、モーズリー（一八九六－一九八〇。英国の政治家。

（ヒトラーとムッソリーニに影響を受け、英国ファシスト連盟を創設）が一九四三年に釈放されたとき、人身保護令状を出すのに反対を唱える理由としても使われた。

こうした人々は、全体主義的な手口を奨励すると、いつの日かそれが自分のためにではなく、自分に対して使われかねないということを理解していない。裁判抜きでファシストを収監するのが当たり前になってしまったら、そのプロセスはファシストだけでは終わらないかもしれない。弾圧されていた『デイリーワーカー』紙が復刊してまもなく、私はロンドン南部の労働者向け大学で講義をしていた。聴衆は労働者階級と中低層の知識人だ――レフトブッククラブの支部でよく顔をあわせたような聴衆だ。講義では報道の自由についても触れたのだけれど、最後になって私が驚愕したことに、何人かの質問者が立ち上がってこう尋ねた。『デイリーワーカー』発行停止を解除したのはまちがいだとは思わないか、と。その理由を尋ねてみると、あの新聞は忠誠心が疑わしいので、戦時中は容認されるべきではないと言う。おかげで私は、一度ならず私を執拗に罵倒したあの『デイリーワーカー』を擁護するはめになってしまった。でもこうした人々は、この本質的に全体主義の発想をどこから学んだのだろうか？ほぼまちがいなく、当の共産主義者たち自身から学んだにちがいない！　寛容性と穏当さはイギリスに深く根ざしたものだけれど、不可侵ではないし、それを生かし続けるためには、ある程度は意識的な努力が必要だ。全体主義的教義を唱えれば、その結果として、自由な人々が、何が危険で何がそうでないかを知る手段となる直感を弱めてしまう。モーズリーの例がこれを明らかに示している。一九四〇年なら、モーズリーが実際に何か犯罪を犯していようとそうでなかろうと、かれを収監するのはまったく正しいことだった。私たちは命がけで戦っていたのだから、売国奴の可能性がある人物を自由にしておくわけにはいかない。でも一九四三年にかれを裁判なしで収監するのはとんでもないことだ。これが世間一般に認識されないというのはよくない症状だ。とはいうものの、モーズリー釈放に反対するアジテーションの一部は、確かに人為的なもので、一部は他の不満を正当化するものではあったというのも事実ではあるのだが。でも現在のファシスト的な考え方への傾きのうち、過去十年の「反ファシズム」とそれがもたらした破廉恥ぶりが原因となっている部分はかなり大きいのではないだろうか。

目下のロシア絶賛は、西洋の自由の伝統が全般的に弱体化した一症状でしかないと認識することが肝心だ。情報省が介入して、本書の刊行を断固として阻止していたとしても、イギリス知識人たちの大半はそれがいささかも不穏だとは思わなかっただろう。ソ連への無批判な忠誠こそが、たまたま目下の正統教義であり、ソ連の利害なるものに関係するところでは、かれらは検閲にとどまらず、意図的な歴史改ざんすら平気で容認する。一例だけ挙げよう。『世界をゆるがした十日間』――ロシア革命初期についての直接的な記録――の著者ジョン・リードの死後、同書の著作権はイギリス共産党に移った。私の知る限り、リードがそれを遺言で寄贈したのだ。数年後にイギリスの共産党員たちは、同書の最初の版をできるだけ完全に破壊し尽くして、トロツキーについての言及をすべて削除し、さらにレーニンの書いた序文を抜かした改変版を発行したのだった。（訳註：こうした改ざん版の実在は確認されていない。オーウェルのかんちがいともいわれる。）急進的な知識人がイギリスに生き残っていたなら、こんな捏造行為は全国のあらゆる文芸誌で暴露され、糾弾されたことだろう。ところが実際には、抗議はほとんどまったくなかった。多くのイギリス知識人にとって、これはまったく自然な行動に思えたのだ。そしてこの見過ごしまたは露骨な不正直ぶりは、ロシア賞賛がたまたまこの時点では流行りだというのをはるかに上回る意味を持つ。この流行はたぶん、長続きしない可能性が高い。本書が刊行される頃には、ソヴィエト政権に対する私の見方こそが一般に認められたものになる可能性だって十分にある。でも、そのこと自体がいったい何の役に立つだろうか？　ある正統教義を別の正統教義で置き換えるのは、必ずしも進歩とはいえない。敵は、かけているレコードに同意しようがしまいが、蓄音機のようにそれを広めてしまう心のありかたなのだ。

私は、思想や言論の自由に対する反対論はどれも熟知している――そんなものは存在し得ないという主張もあれば、そんなものが存在してはいけないという主張もある。私はそういう議論に納得できないし、私たちの文明は過去四百年にわたり、正反対の発想に基づいて築かれてきたとあっさり答える。過去十年の相当部分にわたり、私は既存のロシア政権が主に邪悪な存在だと信じてきたし、勝ってほしいと思っている戦争において私たちがソ連と同盟しているという事実があっても、私はそれを口にする権利を主張する。それを正当化する文章を選べと言われたら、ミルトンからの次の一節を選ぶだろう。

古代自由の規則として知られているものにより。

「古代」という単語は、知的自由というものが深く根差した伝統であり、それがなければ私たちの特長たる西洋文明の存続も危ういという事実を強調している。その伝統に、我が国の知識人の多くは明らかに背を向けている。かれらは、本の刊行や弾圧や賞賛や糾弾が、それ自体のよしあしではなく、政治的な方便に基づくべきだという原理を受け入れたのだ。そして実はそんな見方を信じていない人々も、単に臆病だからそれに賛同してしまう。この例としては、多くの雄弁なイギリスの平和主義者たちが、ロシアの軍事主義に対する崇拝の広がりに対してまったく声をあげないことがある。こうした平和主義者によればすべての暴力は邪悪であり、このためかれらは戦争のあらゆる段階で、戦争をやめるか、少なくとも妥協した平和を受け入れるよう主張してきた。でも、赤軍が行う戦争でも邪悪なのだと主張した人は、その中でどれほどいるだろうか？　どうやらロシア人には自衛の権利があるけれど、私たちが自衛するのは万死に値する罪らしい。この矛盾の説明は一つしかあり得ない。つまり、愛国心がイギリスではなくソ連に向いた、大量の知識人に追従しようという臆病な望みだ。イギリスの知識人は、その臆病ぶりと不正直さについてあれこれ理由を持ち出すだろうし、かれらが自分を正当化するときに使う理屈なんか暗唱できるくらいだ。でも少なくとも、ファシズムから自由を守るためとかいうナンセンスはもう願い下げだ。自由というのは何を置いても、みんなの聞きたくないことを語る権利ということなのだ。一般の人々はいまでも、漠然とこの教養を支持しているし、それに基づいて行動している。私たちの国では——あらゆる国で同じではない。共和国時代のフランスではちがったし、いまのアメリカでもちがう——自由を恐れているのはリベラル派なのであり、知性に泥を投げつけているのは知識人だ。私がこの序文を書いたのも、この事実に注目してもらうためなのだ。

一九四五年

『動物農場』ウクライナ語版への序文

『動物農場』ウクライナ語訳に序文を書くよう依頼を受けた。この文章が対象としているのは、私としてはまったく未知の読者だというのはわかっているし、逆にかれらのほうも、私について何かを知る機会などはおそらく一切なかったはずだ。

この序文でその読者たちは、おそらく『動物農場』の発端について何か私が語るものと予想している見込みが高い。でもまず、自分自身のことと、私がいまの政治的立場に到達した経験について語りたい。

私は一九〇三年にインドで生まれた。父はイギリス統治部門の役人で、うちの一家は兵士、司教、役人、教師、弁護士、医師などで構成される、そこらの普通の中産階級一家だ。教育を受けたのはイートン校で、これはイギリスのパブリックスクールの中でも、もっとも高価でお高くとまったところだ。* 私は奨学金があったからそこに行けただけだ。そうでなければ、父は私をこの手の学校に通わせるだけの資力はなかった。

学校を出てまもなく(そのときはまだ二十歳にもなっていなかった)ビルマにでかけて、インド帝国警察に入った。これは武装警察であり、スペインの治安警備隊やフランスの機動憲兵隊にも似た憲兵部隊のようなものだ。ここに五年とどまった。性に合わなかったし、帝国主義が大嫌いになった。といっても当時のビルマではナショナリズム運動はあまり盛んではなかったし、イギリス人とビルマ人との関係もそんなに仲の悪いものではなかった。一九二七年に休暇でイギリスに戻ると、私は辞職して、作家になることにした。当初は大して成功しなかった。一九二八年から二九年にはパリで暮らし、短篇や長篇を書いたけれど、だれも出版してくれなかった(これらはその後すべて破棄した)。その後数年は、ほとんどその日暮らしで、何も食べ物がなかったことも何度かある。著作での稼ぎで暮らせるようになったのは、やっと一九三四年からのことだった。それまでは、何カ月にもわたり貧民街の最悪の部分に暮らして、街頭に出て乞食をしたり盗みを働いたりする貧困者や犯罪者まがいに混じって生活していた。当時の私は、そうした人々とお金がないことで共感していたけれど、後にそうした生き様そのものが、それ自体としてとても興味深く思えた。私は何カ月にもわたり（今回はもっと系統的に）イングランド北部の鉱夫たちの状況を観察した。一九三〇年までは、自分が全体として社会主義者だとは思っていなかった。実はそのときまで、はっきり定まった政治的な見方は持っていなかった。私が親社会主義になったのは、計画社会に対するなにやら理論的な崇拝からではなく、工業労働者の貧しい部分が抑圧され、無視されているのに我慢ならなかったからだ。

一九三六年に結婚した。そのほぼ同じ週にスペイン内戦が勃発した。妻と私はどちらも、スペインにでかけてスペイン政府のために戦いたかった。六カ月でそのとき書いていた本を仕上げて準備を整えた。スペインでは、アラゴン戦線で六カ月近く過ご

＊　これは公立《パブリック》の「国民学校」ではなく、まったく正反対の代物だ。選ばれた生徒しかいけない高価な寄宿中等高校で、あちこちに散在している。ごく最近までは金持ちの貴族一家の子弟しか入れなかった。十九世紀の成金銀行家の夢は、息子たちをパブリックスクールに押し込むことだった。こういう学校では、最も強調されるのはスポーツで、これはいわば、堂々たるタフで紳士めいた外見を作り上げる。こうした学校の中で、イートンは特に有名だ。ウェリントンは、ウォーテルローの戦いにおける勝利はイートンの運動場で勝負が決まったと言ったとか。何らかの形でイギリスを支配している人々の圧倒的多数がパブリックスクール出身だったのは、そんなに昔のことではない。（オーウェルの註）

したけれど、ウエスカでファシスト側の狙撃手が私ののどを撃ち抜いた。

この戦争の初期、外国人は全般に、政府を支持する様々な政党同士の内部闘争には気がついていなかった。いくつかの偶然のおかげで、私が参加したのは多くの外国人の属する国際旅団ではなく、POUM民兵、つまりスペインのトロツキストたちの派閥だった。

だから一九三七年半ば、共産主義者たちがスペイン政府を掌握し（少なくとも部分的には）、トロツキスト狩りを開始したときには、二人とも被害者側になっていた。一度も逮捕されず、生きてスペインを出られたのは本当に運がよかった。友人たちの多くは射殺され、そうでない人々は長い懲役を受けたり、あっさり姿を消したりした。

スペインでのこうした人間狩りは、ソ連での大粛清とほぼ並行して行われており、いわばそれを補うものとなっていた。スペインでもロシアでも、糾弾の中身（つまりはファシストとの共謀）は同じで、スペインに関する限り、そうした罪状はどう見てもウソだったと考えている。こうしたことをすべて体験できたのは、貴重な具体的教訓だった。民主国での啓蒙された人々の意見を、全体主義的なプロパガンダがどれほど簡単にコントロールできてしまうかを教えてくれたのだ。

妻も私も、罪もない人々が単に異端の疑いをかけられただけで投獄されるのを見てきた。それなのにイギリスに帰ってみると、常識ある知識豊富なオブザーバーたちの実に多くが、モスクワ裁判を報じる新聞報道に書かれた、実に突拍子もない陰謀だの裏切りだのサボタージュだのの嫌疑を鵜呑みにしているのだ。

そういうわけで、私はかつてないほど、ソ連の神話が西側の社会主義運動に与えるマイナスの影響についてはっきりと理解している。

そしてここでいったん止まり、ソヴィエト政権に対する私の態度を説明すべきだろう。

ロシアを訪れたことはないし、そこに関する私の知識は、本や新聞を読んで得られるものでしかない。それだけの力があったとしても、ソ連国内の問題に口を挟むつもりはない。野蛮で非民主的なやり方をしているというだけで、スターリンやその仲間を糾弾したりもしない。いかに善意であっても、彼《か》の地にはびこる条件の下では他に行動のしようがないということも十分に考えられる。

でもその一方で、西欧の人々がソヴィエト政権の正体を知るのはきわめて重要に思えた。一九三〇年以来、ソ連が本当に社会主義と呼べるような代物に少しでも向かっているという証拠は、ほとんど見られない。逆にそれが階級社会へと変化し、支配者たちが他の国の支配層に負けず劣らず、自分の権力を手放そうとは思わないような社会になりつつあるという明確なしるしを見て、私は衝撃を受けた。さらに、イギリスのような国の労働者や知識人たちは、今日のソ連が一九一七年とはまったくちがう国だというのを理解できない。その原因の一部は、当人たちがそれを理解したくない（つまりどこかに真の社会主義国が存在すると信じたい）ということだし、一部は公共生活においてそこそこの自由と穏やかさになれてしまったために、全体主義というものがまったく想像できないということだ。

でも、イギリスが完全に民主的ではないことも忘れてはいけない。ここは資本主義国でもあって、多大な階級的特権（これは万人を平等化する傾向のあった戦後の今でさえ残っている）があり、富の格差も実に大きい。それでもここは、人々が大きな紛争なしに数百年も暮らしてきた土地だし、法は比較的公正だし、官制報道や統計はほぼまちがいなく信用できて、そして何よりも少数派に属する見方を持ち、それを主張したからといって命にかかわる危険が及ぶことはない国だ。こうした雰囲気の中では、一般人は強制収容所だの大量追放だの裁判なしの逮捕だの、報道の検閲だのといったものはなかなか理解できない。ソ連のような国について読むことはすべて、イギリス的に翻訳されてしまい、おかげで実に無邪気にも全体主義プロパガンダのウソを信じ込んでしまう。一九三九年まで、いやその後ですら、イギリス人の大半はドイツのナチス政権の正体を見抜けずにいたし、いまやソ連政権について、かれらはいまだにおおむね同じ幻想の下にある。

これはイギリスの社会主義運動にひどい被害を与えてきたし、イギリスの外交政策にも深刻な影響を与えている。実際、私に言わせれば、社会主義本来の思想の堕落に何よりも貢献している信仰とは、ロシアが社会主義国であり、その指導者たちのやることはすべて、真似はしなくても容認しなくてはならないという考え方なのだ。だから過去十年にわたり、私は社会主義運動の復興を望むのであれば、ソ連の神話破壊が不可欠だと確信してきた。

スペインから戻った私は、ほとんどだれにでも簡単に理解できて、他の言語にもすぐに翻訳できるようなお話で、ソ連の神話を暴いてやろうと思った。とはいえ、お話の細部がしばらく思いつかなかったのだけれど、ある日（当時私は小さな村に住んでいた）十歳くらいに見える少年が、狭い道で巨大な馬車ウマを御していて、それが曲がろうとするたびに鞭を当てているのを目撃した。もしこうした動物たちが自分の強さを認識できさえすれば、私たちはまったく言うことを聞かせられなくなるということ、そして人が動物を収奪するやり方は、金持ちがプロレタリアを収奪するのとほぼ同じだということに、ふと思い当たったのだった。

そこから私は、マルクスの理論を動物たちの観点から分析した。動物たちから見れば、人間同士の階級闘争という概念はまったくの幻想でしかないというのは明らかだった。というのも動物の収奪が必要なときは常に、あらゆる人類は力を合わせて動物たちに敵対したからだ。真の闘争は、動物たちと人類との間のものだ。これを出発点にすると、お話を組み立てるのはそんなにむずかしくなかった。それを実際に書いたのはやっと一九四三年になってからだ。というのも、ずっと他の作業に没頭していて、時間がなかったからだ。そして最後に私はいくつかの出来事を組み込んだ。たとえば執筆中に開催されていたテヘラン会談（英米ソ連による一九四三年のテヘランでの会談。ナチスドイツへの共同戦線を決めた）などだ。だから物語の主なあらすじは、実際に書かれるまでに六年にわたり私の頭の中にあったわけだ。

この作品について何か言いたいとは思わない。作品がそれ自体で語れないなら、それは失敗作だ。でも二つの点は強調したい。まず、各種のエピソードはロシア革命の実際の歴史から持ってきたものではあっても、あくまで図式的な形で処理され、時系列的な順序も変わっている。これは、物語に対称性をもたせるために必要だった。第二の点は、ほとんどの批評家が見落としているけれど、これはひょっとすると私が十分に強調しなかったせいかもしれない。多くの読者は、本書を読み終えて、最後にブタたちと人類が完全に和解したような印象を持つかもしれない。でもこれは私の意図とはちがう。その逆で、私は本書を盛大な不協和音で終えるつもりだった。というのも私がこれを書いたのはテヘラン会談の直後で、これはみんながソ連と西側との間で可能な最高の関係を確立したと思っていたからだ。私は個人的に、そんなよい関係が長続きするはずはないと思っていた。そして実際にできごとが示す通り、その見通しは当たらずといえども遠からずではあった。

これ以上何を付け加えるべきかわからない。プライベートな細部に興味がある人がいるなら、私は男やもめで、もうすぐ三歳になる息子がおり、職業としては作家であり、戦争の開始以来はもっぱらジャーナリストとして働いてきたことを追加しておこう。

私がいちばんよく書いている雑誌は『トリビューン』で、これは一般的に言って、労働党左派を代表する社会政治的な週刊誌だ。一般読者には、私の次の著書がいちばんおもしろいかもしれない（この翻訳の読者の方がこれらの本を入手できればの話だが）。『ビルマの日々』（ビルマについての物語）、『カタロニア讃歌』（スペイン内戦での体験から生まれたもの）、『批評的エッセイ』（同時代の一般イギリス文学を主に扱ったエッセイ集で、文芸的な観点よりは社会的な観点から示唆的だ）。

一九四七年

訳者註：このウクライナ語版序文は、原文は残っていない。これはウクライナ語版から英語に訳し戻したものが元となっている。

訳者あとがき

本書はGeorge Orwell, *Animal Farm: A Fairy Story* (1945) の全訳だ。底本としてはネット上のいくつかのフリー文書、Penguin Books のペーパーバック（二〇〇八）、ラルフ・ステッドマンが挿画を担当したハーコート・ブレース社の刊行五十周年記念版（一九九五）を使用している。また、オーウェルによる序文案（The Freedom of the Press: Orwell's Proposed Preface to *Animal Farm*）、ウクライナ語版への序文（Preface to *Kolghosp Tvaryn*: Orwell's Preface to Ukrainian translation of *Animal Farm*）もあわせて収録した。こちらの原文も、ネット上のフリー文書とハーコート・ブレース版に収録されたものを使用している。

本書はもちろん、邦訳もすでに多数ある。ネット上にもレベルの高いフリーのものがある（http://blog.livedoor.jp/blackcode/archives/1518842.html）。むずかしい本ではないし、既訳はどれもきちんとしたものとなっている。今回の拙訳で、何か画期的な改善が行われたわけではない。とはいえ、この本は古典だし、今なお変わらない重要性を持っている。こうした再訳などを通じ、新しい読者層に少しでも読まれるようにするのは、十分に意義あることだろう。

1．著者について

著者ジョージ・オーウェルは、本名エリック・アーサー・ブレアで、一九〇三年にイギリス植民地支配下のインドで生まれている。本書執筆時点までの経歴に関しては、本書収録の「ウクライナ語版への序文」に本人によるかなり詳しい説明があるので、そちらをお読みいただきたい。ルポ作家的な面がきわめて強く、その作品はおおむねオーウェル自身の波乱に満ちた人生の各種ステージに対応している。大学を出てビルマでの警察勤務に基づく『ビルマの日々』（一九三四）、その後ルポ作家を志してパリやロンドンの貧民街で暮らした経験を描く『ウィガン波止場への道』（一九三七）、そこから社会主義に傾倒して、スペイン内戦に自ら参戦した際の体験を元にした『カタロニア讃歌』（一九三八）などが主著だ。その後、主に評論などの執筆を行い、第二次大戦中はBBCに勤務。そして一九四五年の本書が大評判となったことで、世間的な名声と商業的な成功をはじめておさめることとなる（本書はあまりに売れすぎたので、オーウェルは当時のイギリスのとんでもない超累進課税を避けるため、自分を会社化している）。さらに、一九四九年には大傑作『一九八四年』を発表して、一九五〇年に他界した。

2. 本書のモデル：ロシア革命とソ連スターリニズム

本書はあらゆる古典と同じく、著者の意図とは無関係に、いろんな水準で読める。ただ事実として、ここに収録したオーウェル自身の「序文案」にあるように、本書が直接の題材及び批判対象としているのは、ロシア革命と、その後のスターリニズムに続くソ連社会主義の倒錯だ……

……と書いたところで、多くの若い読者のみなさんは、そもそもスターリンとかソ連とかを知らないかもしれないので、ここで簡単におさらいしておこう。

いまのロシアは、二十世紀の初頭には、皇帝の支配するロシア帝国だった。ここは皇帝、貴族、平民、農奴などで構成される、階級格差の強い農業国だった。一方で、同じヨーロッパの英仏独などの列強は、産業革命による工業化とそれに伴う急激な経済発展——そして軍事力の増強——を実現していた。ロシア帝国はそれに追いつきたいのに、政治経済体制の刷新が進まず他国に見下されていた。その間にも工業化の波は次第にロシアにも広がり、それが急激な都市化と格差の増大を招き、これまた社会の不安定要因となっていた。

こうした状態はヨーロッパ各国ですでに見られており、それが多くの社会改良運動をもたらしていた。各種の社会主義運動もその一部だ。中でもマルクスとエンゲルスは、暴力的な革命の必然性を唱えたことで人気を博した。資本主義が先鋭化すれば、世の中は機械設備を持つ資本家と、それに使われるだけの低賃金労働者とにますます分かれる。不満を抱いた労働者は必ず少数の資本家を打倒し、機械設備を自分たちで共同所有して豊かな社会主義社会を生み出す、というわけだ。

さて当時のロシアは、この理論とはほど遠い後進的な農業国だった。でも社会がかなり揺れており、第一次世界大戦がそれに拍車をかけていた。このためちょっとした騒乱に乗じて、社会主義の中でもかなり過激な一派だったウラジーミル・レーニンとそのボリシェビキ党が、まさかの革命を一九一七年に実現してしまい、当時の政権を一気に打倒してソヴィエト連邦（の原型）を創り上げてしまう。

このレーニンは本書での、ブタのメイジャーのモデルと言われている。厳密に見れば、社会主義／動物主義の理論的創始者で革命以前に死んだという点ではマルクスやエンゲルスに近いかもしれないけれど、大した差ではない。

さて、レーニンには主要な部下が二人いた。片方はレオン・トロツキー。インテリで理論面でも演説もうまい。本書ではスノーボールのモデルだ。さらに自ら赤軍の先頭にたって、政府軍や帝国残党との戦いを率いるというまったく予想外の軍事手腕も発揮し、外交手腕も見事だった。それと常に対立し続けたヨシフ・スターリンは、理論的にも軍事的にも経済政策的にも垢抜けず、恫喝と暴力的な手口によるゴリ押しが十八番ながら、それで新生ソ連の窮地を一応は切り抜けたことも多く、またそれなりの権謀術策と政治的駆け引きには長《た》けていた。これはもちろん、ナポレオンのモデルとなる。

そしてレーニン他界にともない、ナポレオンもといスターリンは一気に実権を握ってトロツキーを追い落とし、国外追放した。さらに自分の権力に少しでも脅威を与えそうな存在は秘密警察による粛清で次々に消した。そして、一九三六年から三八年のモスクワ「見世物」裁判では、かつての多くの仲間たちに反革命的な陰謀を「自白」させ、それがトロツキーの企みによるものだと「告白」させたうえで処刑するという露骨な茶番の一部始終を公開した。

さらにかつて大反対してみせたトロツキーの政策をいつの間にか自分のものとして掲げてみせ、国民の実質的な強制労働による各種の大規模なインフラ整備計画を実施する。政敵はおろか、科学や芸術分野でも恣意的な粛清がつづき、歴史の改変（かつての写真からトロツキーを抹消するなど）と自分の神格化が徹底的に進められた。そして世界に社会主義革命を広げようと画策する一方で、やがて仇敵だったはずのドイツ、イギリス、アメリカなどの資本主義国と野合するようになる。数字の上では大きな経済発展が実現されるが、国民の生活はむしろ困窮し、飢餓も多発する一方、スターリンとその周辺の党幹部や官僚だけは肥え太り、その権力は肥大する一方――本書をお読みいただければ、この『動物農場』がソ連の歴史をかなり忠実になぞったものだということは明らかだろう。

実はその後、ソ連体制はこの『動物農場』に輪をかけてひどい代物だったことが明らかになる。ソ連はそのごく初期から、粛清された人々（国民のかなりの割合に及ぶ）を強制収容所に送り、かれらの奴隷労働により多くのインフラ建設が行われていたのだった。でもスターリンの死とともに、こうした異常な状態は少し改善される。それでも資本主義社会と比べると、一般市民の生活水準の差は開く一方で、人々の不満が高まった。そして一九八〇年代末のベルリンの壁崩壊とともに、一九九〇年代には世界の主要な社会主義諸国は一気に消える。

3.本書刊行の経緯と「序文案」

この一連の歴史を知っているいまのぼくたちから見れば、この『動物農場』は実にストレートでまっとうなソ連／スターリニズム批判と読めるし、むしろ生ぬるいくらいだ。でも、本書の序文案を読むと、まったくそうではなかったことがわかる。そもそも書いた時点から、当のオーウェル自身が出版できるか不安に思っていたそうだし、実際にあちこちから断られている。本書が完成したのが一九四四年だけれど、オーウェルのメイン出版社だったゴランツ社をはじめ、四社ほどに断られた。フェイバー＆フェイバー社にいたT・S・エリオットは、本書の糾弾が一方的だと断じて出版を断っている。このため一時は自費出版すら覚悟したほどらしい。そして出版を引き受けたセッカー＆ワーブルグ社も、紙の配給が不足していたためにすぐには刊行できず、最終的な出版は一九四五年にずれこむこととなった。

親ソ連、親社会主義的な風潮のせいで『動物農場』程度の、たかが（失礼、でもしょせんはお話だ）おとぎばなしの刊行まで制約されるというのは、現在ではなかなか信じられないことだ。でも、本書が発表された頃は、いまより社会主義のご威光はずっと強かった。第二次世界大戦の直後は、ソ連が参戦したからこそナチスドイツや日本を打倒できた、といった見方はかなり世間的に強かったし、スターリングラード攻防戦などでソ連が大きな犠牲を払ってまでナチスドイツ打倒に尽力したこと自体は否定しようがなかった。また当時はメディアも統計もいまほど発達していない。ソ連の実態が本当はどうなのか、だれも確認しようがなかった。国民は疲弊していたかもしれないけれど、それを言うなら戦時中の西側諸国だって大してマシだったわけではない。

また第二次大戦での兵器生産実績とそれに伴うプロパガンダなどから、スターリンの五カ年計画に基づく計画経済が、本当に優れた成果を挙げているという見方は一時とても強かった。少し時代は後ながら経済学の標準教科書『サミュエルソン経済学』ですら、社会主義のほうがよい成果を挙げている可能性を認めていたし、国際会議でソ連のフルシチョフ書記長がソ連経済の高い生産性を自慢し、壇上で「おまえたちを墓場送りにしてやる！」と叫んだのは有名な話だ。

そうした状況で、本書に描かれたスターリンの圧制と収奪下で苦しむ国民の姿は、多くの読者にとって必ずしも説得力あるものとは思われなかった可能性も高い。ヘタをすると、ナチスによる反共的なプロパガンダと似たようなものと受け取られた可能性さえあるだろう。

とはいえ、刊行にあたって本書の中身そのものが改変されるようなことはなかった。本書のタイプ原稿から実際の本になる際に加えられた変更は、いくつかの表記のゆれの統一が主で、それ以外はジョーンズに対してトリたちが攻撃するとき「脱糞（drop dung）」というのが「排泄（mute）」に改められた部分と、実際のスターリンの行動を受けて風車爆発でひるんだのが「ナポレオン以外のすべての動物」（一一五ページ三行目）とされた二カ所だけだったという。これまた信じられないことながら、前世紀の人々は「脱糞」などという下品なことばを立派な本で使ってはいけないと真面目に思っていたのだった。

さて、本書に収録した序文案は、死後二十年以上たってからタイプ原稿が見つかり、一九七二年に雑誌掲載され、その後各種の全集や『動物農場』の様々な版に含まれるようになったものだ。

その内容は、本書を出してくれる版元がなかなか見つからなかったことについてのオーウェルのいらだちから発するものが主となっている。かれは、多くの出版社の拒絶は、公的な検閲によるのではなく、当時の出版界や知識人階級が異様なまでに親ソ的で、社会主義（およびその親玉たるスターリン）の悪口は一切まかりならないという雰囲気があったせいだと指摘し、そうした自主検閲を強く非難している。そして行きがけの駄賃で、スペイン内戦についての報道も親ソ連勢力の大本営発表ばかりが垂れ流されて、オーウェルが協力してきたトロツキー派が不当な扱いを受けて弾圧されていること、そしてそれを足がかりに、言論の自由を変な自主検閲で潰してはならないこと、みんながいやがるからといって正しいことを報道しないのが正当化されてはならない、と訴える。

どういう判断で掲載が見送られたのかははっきりしない。原著のゲラの段階ではページまで確保されているので、最後の最後になって不採用が決まったものと思われる。これを出版社（または当のオーウェル）の、まさにこの序文案で批判されているような弱腰のせいと見ることもできるだろう。ただその一方で私見ながら、そこに書かれている内容はきわめて重要だとはいえ、本書の内容と意図についてかなり露骨に規定してしまうものだ。「おとぎばなし」としてこの物語が持っている多様な読み方の可能性がかなり損なわれた可能性もあるのではないだろうか。また同時に、そこで述べられている自主検閲の危険性と言論の自由に関する主張が、『動物農場』のテーマとはあまり関連性がないように見えてしまうことも作用したのかもしれない。その見方が妥当かどうかは後述。オーウェルがどこまで考えてこの序文を引っ込めたのかどうかは、もちろん今となっては知るよしもない。

4．各種翻訳とウクライナ語版への序文

さてイギリス版が出てすぐにアメリカでも本書は刊行される。でもこちらもかなり苦労した。ダイヤルプレスは「動物の話なんかアメリカでは売れない」と突っ返し、その後も数社が断ったけれど、一九四五年末にやっとハーコート・ブレース社が（オーウェルに言わせれば「勇気を出して」）本書を引き受け、一九四六年夏にアメリカ版が刊行された。ただし副題の「おとぎばなし（A Fairy Story）」は削除され、「寓話（A Fable）」と差し替えたりしている。当初、「おとぎばなし」をそのまま使った翻訳は、テルグ語版（インド南部の言語）だけだった。

他の翻訳も必ずしもスムーズではなかった。フランス語訳は、かなり話が進行したところで一九四六年になって出版社が及び腰となって企画が打ち切られ、オーウェルは激怒している。そのフランス語版ではナポレオンは「シーザー／カエサル」という名前となり、また本そのものの題名も『動物農場』から『動物社会主義共和国連邦』

（略してURSA）に変えてはと提案したこともある。

そんな中で、ウクライナ語版は一九四七年というきわめてはやい時期に刊行された。これはソ連時代のウクライナで刊行されたものではなく、占領下ドイツにあったウクライナ難民キャンプでの頒布《はんぷ》用で、翻訳を行ってオーウェルの序文まで取り付けたのはハーバード大学の文学教授イホル・シュヴェチェンコだった。オーウェルが本書について、他にこうした序文を寄せたことはない。

内容としては、かなり詳しい自己紹介と、本書成立の経緯だ。ソ連そのものに口出しをする気はないけれど、ソ連の現状についてはきちんと伝えねばという意図が明快に書かれている。そして、それが社会主義そのものの批判ではなく、むしろオーウェルの考える社会主義復興のためなのだ、ということも明確だ。

なおかれはこの翻訳や難民および貧しい人々向けの刊行物については一切印税を受け取っていない。ちなみにこのウクライナ語版は二千部を頒布したところで、残部千五百部すべてを米軍が押収、なんとソ連に引き渡したという。

本国イギリス版、米国版を含め、本書は大きな評判になった。これを高く評価する人もいれば、そのストレートなイデオロギーに難色を示す批評家もたくさんいるが、それが売り上げに貢献したのはまちがいない。そしてそれを後押ししたのが、本書が冷戦（これもオーウェルが考案した用語だ）の深化にともなってアメリカの反共政策のツールとして使われるようになったことだった。

第二次戦争直後（いやその最中）から、すでにアメリカを筆頭とする西側諸国はソ連と対立と反目を繰り返すようになっていた。そして戦後の社会主義運動の盛り上がりに危機感をつのらせた欧米諸国は、軍事面と同時に文化的にも反共的なメッセージを強く打ち出す必要を痛感するようになった。この狙いにとって、オーウェル『動物農場』と『一九八四年』は実におあつらえ向きの存在となった。このため一九四八年の『動物農場』朝鮮語訳を皮切りに、アメリカは三十カ国以上で本書の翻訳と出版に資金援助を始める。初の日本語訳は、一九四九年に大阪教育図書から刊行された永島啓輔によるものだ。当時の日本では、外国文献の翻訳がGHQにより禁止されていて、その『アニマル・ファーム』は解禁第一号だったという。当然ながら、これもアメリカ主導で行われた翻訳出版だ。

またCIAはこっそりオーウェルの未亡人から『動物農場』の映画化権を買い取り、アニメ映画を作った。これがイギリスのハラス&バチュラー・カートゥーン・フィルムズによる一九五四年の『動物農場』だ。これは原作におおむね忠実なアニメ映画だけれど、最後の最後にまったくちがう場面が付け加わっている。動物たちはブタと人間たちの野合を見てついに立ち上がり、ロバのベンジャミンを先頭に再び圧政を打倒するのだ。製作者たちはCIAの関与を知らなかった可能性が高いながら、CIAは「出資者」の立場から表現の細部に至るまで様々な口出しを行っており、この結末改変はその最たるものだった。ただし、保守層や反共層にはこの改変は不評だったらしい。このアニメは日本では二〇〇八年に三鷹の森ジブリ美術館ライブラリーが公開しており、DVD化もされている。また、この作品のアニメーターによる新聞連載コミック版も作られたとのことだ。

このアニメ版以外の映像版として、一九九九年にイギリスで製作されたテレビ版が存在する。これも原作とはちょっと変わっており、ブタによるプロパガンダ映画の使用などが織り込まれている一方で、ラストはイヌのジェシーがブタの支配下で荒廃し廃墟となった農場に戻ってくる場面となっている。新しい人間の所有者たちがその農場にやってきて、イヌはかつての過ちを繰り返すまいと誓う。話を単純化しすぎて、子供向けには暗いという批判もあるが、訳者の私見ではそんなに悪い映像化ではない。全篇がネット上にアップロードされている。

映画版以外に、オーウェル自身によるBBC向けラジオ脚本も一九四六年に書かれている。この脚本で、オーウェルはブタたちの支配がその後の独裁へと転じる決定的な瞬間として、リンゴとミルクをブタたちが独占すると宣言したときのウシやウマたちの戸惑いを台詞で追加している。ただし、ＢＢＣのプロデューサーはこの加筆にあまり意味があるとは考えず、結局カットされたという。このくだりの重要性については後述。

5．本書の評価

本書が作品として持っているパワーは、だれが見ても明らかであり、本書のどんな批判者もその点については絶賛している。人間の弾圧に対する動物たちの蜂起は、おとぎばなしでありながら実に説得力を持つ。アニメ版ではＣＩＡすら、圧政に立ち上がる人々の姿を否定できず、むしろ強調している。

でもその蜂起がやがてだんだんゆがめられ、そして最後にかの有名なスローガンに到達する。「すべての動物は平等である。だが一部の動物は他よりもっと平等である」――この民主主義の根本理念を徹底的に愚弄し嘲笑する見事なスローガンにいたる微妙な歪曲、様々なできごと、その都度、ちょっとした違和感をうまく口に出せず丸め込まれ、やがて己たちの破滅に向かう動物たちの有様は、実に切実なものだ。動物による戯画化は安手のお笑いのためではなく、きわめて真面目な特徴付けの手段となる。読み進むにつれてそこに自分たちの姿を見出さないものはいないはずだし、粛清裁判の後で呆然自失となり、どこで何をまちがえてこんなことになってしまったのかと嘆く動物たちの姿は実に胸をうつ。

それなのに——いやだからこそ、かもしれない——本書についての解釈は大きく分かれてきた。特に、これを社会主義批判と解釈すべきか、という点について。

まず、オーウェル自身は本書をソ連、特にスターリンによる社会主義の歪曲に対する戯画化として描いている。でも、それは決して社会主義そのものを否定するためではなかった。むしろ、ここで描かれたような歪曲を是正し、社会主義を正しい道に引き戻すことこそがオーウェルの意図だった。

その意図を絶対的に重視して、これはその特定の歪んだ国だけ、あるいはスターリニズムだけを批判したものだ、と強硬に主張する人は多い。オーウェル自身は、根っからの社会主義者だった。社会主義を正道に引き戻す意図はかれ自身が述べている。したがって、この作品を反共プロパガンダだと主張し、社会主義批判だと述べるのは歪曲だ、というわけだ。

でも本書を社会主義すべての批判だと述べる人々にも、当然ながら言い分はある。

世界の他のあらゆる社会主義を見て、大なり小なりこの『動物農場』に描かれた個人崇拝のスターリニズムと同じ道をたどらなかったものがあるだろうか。立派な社会主義だったはずが、一瞬のうちに金日成一族の独裁主義に陥った北朝鮮、毛沢東の個人崇拝に堕した中国、その他キューバも中南米の各種社会主義政権も、その他ほぼあらゆる社会主義は、個人崇拝、歴史改変、粛清、国民の弾圧などの道を歩む。そこから、本書の批判はスターリニズムやソ連だけにとどまるものではなく、社会主義すべてに及ぶものなのだ、という見方も十分に成り立つ。本書が当てはまらない社会主義がこの世にこれまで存在しただろうか？　オーウェルの夢見た「正しい」社会主義自体が幻想なのではないか？

この見方がオーウェルの意図の歪曲だとは思わない。というか、そもそも作品は著者の意図通りに解釈しなければならないものではない。オーウェルがソ連とスターリン批判を意図したから、それ以外の批判をそこに読み取ってはいけない、などというのは倒錯でしかない。社会主義の世界的な崩壊――または中国などに見られるその換骨奪胎――を見ると、本書に描かれた批判はオーウェル自身の意図を超えて射程がずっと広がっていることはいまや明らかだろう。

いや、それだけにとどまる必要もない。それだけなら、社会主義諸国の崩壊で本書は歴史的な役割を終えることになってしまう。でも本書の主張をもっと一般化して、ある種の権力の在り方すべてに対する批判をこめた作品だという見方もできる。実はオーウェル自身がラジオドラマ化にあたり、『動物農場』の意図について、もう少し広いとらえ方を行っている。『動物農場』は、ロシア革命の戯画化として書かれてはいる。でもそれはもっと広く、「無意識のうちに権力に飢えた人々が主導する、暴力的な陰謀革命」は結局はトップの首のすげかえにしか終わらないことを示したいのだ、というのがオーウェルの発言だった。今世紀に入って起きた各国での政治体制転回で、この批判を十分に逃れられているものは、ほとんどないように思える。

また本書でのブタの横暴ぶりが、現代の資本主義や日本政府やアメリカの戯画であり、ブタはそこに安住する人々なのだという解釈をする人々もいる。作品全体としての構造を見れば苦しい解釈のような気もするが、部分的な対応関係を見出すのは不可能ではないだろう。

いずれの場合でも、こうした多くの解釈のどれが絶対的に正しいとかいう話ではない。どの解釈も十分成り立つ。その時代と読む人によって様々な解釈が可能だということこそ、まさに本書が古典として今なお有している力の源だ。

そして、あまり指摘されないながら、私見ではとても重要と思われるテーマが『動物農場』にはある。それは、さっき後回しにした「序文案」での言論の自由に関する主張と、ラジオ脚本でオーウェルが加筆しようとした部分の重要性の両方に関係しているテーマでもある。

この『動物農場』を読んで、多くの人はそれが高圧的な独裁者（ブタ）たちに対する批判であり、動物たちはそれに翻弄されるだけのかわいそうな集団だと思っている。でも実は必ずしもそれだけではないのだ。オーウェルは、そのラジオドラマ化に際してのインタビューでこう発言している。

「このお話の教訓は、革命が大きな改善を実現するのは、大衆が目を開いて、指導者たちが仕事を終えたらそいつらをきちんと始末する方法を理解している場合だけだ、というものです」。

そしてこれに続いてオーウェルは、本書の転回点がブタによるリンゴとミルクの独占なのだ、と語る。それを強調するべく、かれはラジオ脚本において、ブタたちの独占に戸惑いつつも、文句も言わず何もしようとしない動物たちの姿を加筆しようとしたことはさっき述べた。不正をきちんと糾弾しないことで、話は下り坂に向かい始めるのだ。

つまりここで批判されているのは、独裁者や支配階層たちだけではない。不当な仕打ちをうけてもそれに甘んじる動物たちのほうでもある。その後も、何かおかしいと思って声をあげようとするけれど、ヒツジたちの大声に負けて何も言えない動物たちの姿は何度も描かれる。最初からすべてを見通してシニカルにふるまうロバのベンジャミンは、やろうと思えば他の動物たちに真実を伝え、事態を変えられたのに、冷笑的な態度に終始したために結局友だちさえも救えない。そうした動物たちの弱腰、抗議もせず発言しようとしない無力ぶりこそが、権力の横暴を招き、スターリンをはじめ独裁者を——帝国主義の下だろうと社会主義の下だろうと——容認してしまうことなのだ。

そう見た場合、この『動物農場』は一般に思われているのとは少しちがう様相を見せることだろう。これは何か特定の体制についての批判にとどまるものではない。むしろある種の人々の態度と、それがもたらす権力構造全般についての批判でもある。だからこそ、「序文案」では進歩的知識人たちの自主検閲に対する批判が執拗に行われていたわけだ。オーウェルから見れば、かれらはソ連が明らかに社会主義の理念を歪曲するような真似をしているのに、それをきちんと批判するだけの意欲もない。それどころか、むしろその隠蔽に自主的に荷担しようとしている。オーウェルから見れば、かれらは、『動物農場』の無力な動物たちと大差ないか、それ以下の存在だ。かれらは本来であれば、言論によってブタたちの独裁を阻止すべき立場にあるのに、それを怠っているのだ。そしてその状況は、オーウェルが他界して半世紀以上たった今でも、社会主義支持／不支持に限らないあらゆる場面で続いている。

それがある限り、『動物農場』は今後もおとぎばなしとしての力を持ち続けることだろう。そしてぼくたちは、声をあげるべきときにあげなかった代償として、かの欺瞞に満ちたスローガンの変奏を何度でもつきつけられることになるだろう。

すべての動物は平等である。だが一部の動物は他よりもっと平等である。

それを避けるためにはどうするべきなのか、動物たちがどの段階で何をすべきだったのか――それを考えることこそが、いまここにある現在進行形の動物農場の一員としてのぼくたちに求められていることかもしれない。この新訳によって、一人でもそうしたことを考えてくれる読者が増えてくれれば、訳者としても本望だ。

短いうえ、編集部からの熾烈なチェックもあり、あまり大きなまちがいなどは残っていないはずだが、それでも見落としや勘違いなどがあるかもしれない。お気づきの方は、ご一報いただければ幸いだ。明らかになったまちがいは、随時以下のサポートページで公開する。

http://cruel.org/books/orwell/animalfarm/

本書の編集は、清水直樹氏が担当された。また、各種既訳は参照しなかったけれど、その解説はネット上の各種資料とともに参考にさせていただいた。ありがとう。

二〇一六年十一月　東京にて

山形浩生 hiyori13@alum.mit.edu

ハヤカワ epi 文庫は、すぐれた文芸の発信源（epicentre）です。

訳者略歴　1964 年生，東京大学大学院工学系研究科都市工学科修士課程修了　翻訳家・評論家　訳書『自己が心にやってくる』ダマシオ，『さっさと不況を終わらせろ』クルーグマン，『死の迷路』ディック（以上早川書房刊）　著書『新教養主義宣言』他多数

動《どう》物《ぶつ》農場《のうじよう》

〔新訳版〕

〈epi 87〉

二〇一七年一月十五日　発行
二〇二五年三月二十五日　十八刷

（定価はカバーに表示してあります）

著者　ジョージ・オーウェル
訳者　山《やま》形《がた》浩《ひろ》生《お》
発行者　早川浩
発行所　株式会社 早川書房

郵便番号　一〇一 - 〇〇四六
東京都千代田区神田多町二ノ二
電話　〇三 - 三二五二 - 三一一一
振替　〇〇一六〇 - 三 - 四七七九九
https://www.hayakawa-online.co.jp

乱丁・落丁本は小社制作部宛お送り下さい。
送料小社負担にてお取りかえいたします。

印刷・三松堂株式会社　製本・株式会社フォーネット社
Printed and bound in Japan
ISBN978-4-15-120087-8 C0197

本書は活字が大きく読みやすい〈トールサイズ〉です。